笭菁作品41

懷孕

禁忌錄

笭菁 著

目錄
CONTENTS

禁忌錄・懷孕

本故事純屬虛構·內容概與現實無關

懷孕

禁忌錄

楔子

洗手台邊的驗孕棒仍是空白，這一分鐘異常漫長。

涂靜媛咬著指甲，焦急的在浴室裡走來走去，立著的手機上是倒數讀秒，她不時看向鏡子裡的自己，纖手按在肚皮上，側過身子壓緊衣服，這平坦的小腹裡，不知是否已孕育了生命？

她一直想生兩個，但婚後老公不希望太快有孩子影響他們的甜蜜時光，他當然不急，因為他跟前妻已經生了一個女兒，可是她就很想很想要自己的孩子嘛！

她與他的孩子相處得很好，因為那個孩子以為她就是媽媽，所以沒有什麼問題，她對孩子也視如己出；但她就是想要一個孩子，除了希望兩個孩子有伴外，更希望在未來手足間能分擔彼此的喜怒哀樂，甚至等他們夫妻年老時，重擔也不會全部都落在一個人身上。

最近月事晚了一週，她也能感受到身體有些變化，昨天買了驗孕棒，現在就只能焦心的等待結果。

好漫長的一分鐘啊……涂靜媛煩躁的看著手機上的倒數計時，終於，躺在洗手台邊的小小驗孕棒，出現了兩條線。

兩條線！

「天哪！」她掩嘴差點驚叫出聲，欣喜若狂的拿起那根驗孕棒仔仔細細的端詳。

她有了！她終於有了！

顫抖的手趕緊拍下這驚喜的一刻，原本要轉發給丈夫最後卻決定收手，她應該要給他一個驚喜！

對，外國常有這種影片，她要把這支驗孕棒放進大盒子裡，再去買一套嬰兒服飾，包成禮物送給老公。

涂靜媛抹去淚水，喜出望外的走出了廁所。

坐在餐桌邊吃早餐的女孩好奇的看著媽媽忙進忙出，也注意到了媽媽通紅的雙眼。

「媽媽哭了？」女孩問。

「啊？沒事！這是高興的哭！」涂靜媛趕緊來到孩子身邊蹲下，女孩眼神果然留意著她手上的驗孕棒，「亞帆，這是什麼妳知道嗎？」

「體溫計？」孩子只能用形狀來猜測，但上面沒數字呢！

「這是驗孕棒，就是檢查媽媽肚子裡有沒有小寶寶的東西！」涂靜媛盡可能平靜的說著，「妳，終於要有弟弟或妹妹了！」

咦？女孩詫異的張大嘴，圓睜雙眼，立刻看向母親的肚皮。

「妹妹？」

「還不知道是弟弟或妹妹，要等肚子再大一點才會知道。」涂靜媛笑了起來，「噓，這個暫時是秘密喔，不能跟爸爸說！」

女孩似懂非懂的點點頭，「哇」了一聲。

「很棒吧！妳再也不會孤單一個人了！」媽媽笑著，緊緊的將孩子摟進懷裡。

趙亞帆「嗯」了一聲後，用力點頭，閉起眼笑著，她就快要有弟弟或妹妹了！

第一章

「姊。」

清秀纖細的女子站在光可鑑人的大理石地板上，這是棟挑高五公尺的大樓大廳，連他們說話都會有回音，附近的壯碩警衛看著她，但是她卻什麼都感受不到。

是的，進入這棟樓後，她比常人敏銳的第六感盡數失效，沒辦法感覺到這棟樓是做什麼的，或是等等會發生什麼事，全都一片空白……有種像正常人的感覺。

連薰予是個從小第六感就很強烈的人，也就是一般人所謂的「直覺很準」，準確到逼近預視的能力，雖然不是無時無刻，但至少能夠消災避禍，但也對她的人生造成莫大困擾。

當看到有人即將出事，便會在救與不救之間掙扎。

她身後的男人有著一張如明星般的俊美面容，總是上翹的嘴角能輕易迷惑人心，被那雙帶著笑意的雙眼一瞅，誰都會心跳加速；他雙手插在褲袋裡，悠哉的環顧四周，他的第六感比連薰予更強大，而當他們在一起時，更會提升那可怕的第六感，且隨著「接觸」程度越深，能力也變得更加驚人。

不過現在不需要第六感，蘇皓靖看著旁邊西裝筆挺的男人，明眼人一瞧就知道那才不是普通的大樓警衛，男人身上的肌肉與緊繃的氣息，透露著他並非泛泛之輩。

「歡迎。」眼前穿著鮮豔紅色套裝的冶豔女人笑得自然，一頭鬈髮，看上去剛強俐落，是現在炙手可熱的當紅美女律師。

也是連薰予的姊姊，正確來說，是沒有血緣關係的姊姊。

連薰予自幼父母因車禍雙亡，爾後被陸家領養，陸虹竹便是她的姊姊，一直以來她們都是感情甚篤的姊妹，不但住在一起，還照料彼此的生活起居；平時這位在法庭上強悍的律師，是個迷信狂！休閒活動除了拜拜還是拜拜，總是大廟小廟的拜，進家門要用柳枝淨水撢身體、所有食物都要加符水，各種護身符與法器只要有人推銷就買，家裡都堆了一倉庫的東西。

過去連薰予都認為姊姊就是迷信成痴，假日說要去逛廟她也無所謂，反正姊姊的迷信無傷大雅，也是為了她好，但是——當知道這一切只是偽裝後，所有事情都變質了。

姊姊會在她晚上的飲用水裡下安眠藥，說是為了讓她一夜好眠，或是為了阻止她收到同學的求救；得知她起了疑心打算搬家後，更利用律師職務之便，威脅房東解除租賃合約。

這是千方百計的要阻止她搬出去。

她很愛很愛姊姊，那是超乎血緣關係的，從小姊姊就一直保護著她，如同對待親生妹妹般愛著她，她也是那樣的愛著姊姊，她不想把陸虹竹往壞的方面想，儘管發現她一再對她說謊，她還是想要相信……陸虹竹並不想傷害她。

然後，她的第六感又讓她想起了，當年她成為孤兒的過程，是源自一場車禍，她似乎曾待過一個像孤兒院的地方，有許多孩子，可是並沒有領養的紀錄，甚至她的父母喪生後，連個收屍或辦法事的人都沒有！

這又令她不禁起疑——當年的車禍，是否另有隱情！

「我知道妳心裡有無限疑問，也虧你們能忍到現在。」陸虹竹旋過腳跟，「跟我來吧。」

去？不去？連薰予無法感應到此去的危險與否，蘇皓靖上前摟過她，他們彼此接觸的深淺能決定第六感的強弱，但是現在……她依然什麼都感覺不到。

疑惑的向右抬首看向高大的男人，竟看見他俯頸而下。

「喂！」她及時用手摀住他的唇，「你幹嘛？」

蘇皓靖握住她的手，「我想說妳會不會想要感受得更清楚些？」

「你應該知道這裡我們不管怎樣應該都感受不到吧？」她戳了他的肚子，「你少來這套！」

蘇皓靖嘖了一聲，聲音中帶著強烈的惋惜感，想說好歹可以騙個吻的！

陸虹竹回眸，目帶警告的盯著他，「你是當我不在嗎！」

「陸姐，別開玩笑，妳存在感強成這樣，很難當妳不在。」蘇皓靖語帶雙關的看著她，「總是很難忽視妳。」

陸虹竹勾起笑容，知道蘇皓靖話中有話，也是他先察覺到她不對勁，才暗示她親愛的妹妹，讓妹妹對她起疑。

進入大廳側邊的大門後，是一間兩公尺見方的房間，只有兩張沙發和小茶几，牆上掛著幾幅畫，像個暫時的休息區；正對面又是另一道門，原本以為陸虹竹要筆直走進去，結果她卻轉向了右邊的沙發，整座沙發連同牆一起向旁推開。

「哇。」蘇皓靖倒是驚奇，「這麼小的地方還有密室！」

「這可是商辦大樓，我們要維持它的屬性啊！」密門打開後，就是一整條蜿蜒向下的螺旋梯。

連薰予以前很厭惡自己的直覺，但現在無從感覺卻又很慌張，可是她想相信姊姊，因此還是毫不猶豫的跟入；他們一走進後密門便關起，陷入約兩秒的黑暗後，牆上的照明燈隨即亮起，照亮看似深不見底的螺旋梯。

「別鬧了，這都什麼年代了。」蘇皓靖果然開始抱怨，「我們要走一圈又一圈直到暈車為止嗎？」

陸虹竹懶得理他，才走了二十幾階一個轉彎後，便接到了一個小平台，那裡有部門已開啟的電梯在等待他們，蘇皓靖習慣性的尋找附近的監視鏡頭，還朝鏡頭給了個笑容。

身邊的連薰予下意識的偎著他，緊繃的身體顯示了她的緊張，電梯裡沒有任何數字按鈕，看來是只供固定往返的電梯。

蘇皓靖並不喜歡這裡，不是未知讓他不安，而是深入地底下的電梯那會有多危險啊？一個地震說不定大家都會被掩埋在此，外面還沒人知道咧！

電梯終於停下，連薰予大大的鬆了口氣，他們誰都看不到電梯外的景色，完全無法預料到這裡有多深。

「這裡是地下幾公尺？」蘇皓靖直接問了。

「不知道。」陸虹竹乾脆的步出電梯，「知道也不會告訴你。」

地底下燈火通明，是個再正常不過的大廳，有幾個穿著白袍的人瞥了他們一眼，明顯的停下腳步，其他則是一般民眾，手上勾著籃子，裡頭是鮮花素果，隨著另一位指引人員朝左邊的門去。

身著白袍的人視線全落在連薰予身上，看得她不自在

「看什麼？做你們的事吧。」陸虹竹直接下令。

蘇皓靖留意到提著籃子的人們個個眉頭深鎖，嘴裡唸唸有詞，還有人雙手合十像是在禱告似的，但這裡沒有焚香的氣味，反而有股淡淡的奇香瀰漫。

「這該不會就是祈和宮吧？」蘇皓靖刻意往左邊的門看去，看見許多匍匐跪地的人們。

「是啊，我最愛的廟。」陸虹竹倒是不避諱，說得自然，「在這裡求得的東西都很有用！」

祈和宮？連薰予看著這不知道在地底幾公尺深的宮，怎麼會有人知道一棟商辦大樓地底有這種地方？而且觸目所及，沒有一處地方像廟啊！

「能知道這裡的人也滿厲害的。」蘇皓靖跟著往右邊的甬道走入，「我還沒瞧見神像，所以你們拜什麼的？」

陸虹竹揚起微笑，「你們很快就會看到了。」

左彎右拐，他們好像在迷宮裡行走，小小的甬道兩旁都是小房間，陸虹竹帶著他們穿過一個又一個房間，房間的另一頭又是其他走廊，再接其他房間，走到連薰予都快搞不清楚方向後，終於來到某間較為寬敞的房間。

這一間裡有好幾個穿著白色斗篷的人，年紀都很大，帽兜下緊緊蹙眉，很直接的打量連薰予，她不自在的以雙手抱著雙臂，才一進房便被團團包圍。

大手摟住了她，蘇皓靖亦環視著婆婆們，若是平常專注時，能夠感覺得到這個人的大致性情，但現在他的直覺不起作用就算了，反而在與一個腰間繫著紅繩的老人家對視時，覺得自己彷彿快被看穿了！

「我在。」蘇皓靖附耳低語，想提醒連薰予，她不是一個人。

感受著肩上的溫暖，她略微放鬆了些，只有一些些，因為她完全不知道這些人為何要包圍她？

「她知道了嗎？」一名老者趨前與陸虹竹低語，兩個人窸窸窣窣的，那音量連連薰予都聽不清。

終於，房間另一側的白簾掀起，陸虹竹叫他們進來。

「地上濕滑不平，小心腳下。」有婆婆提醒，連薰予彎身進入，瞧她彎腰的角度，門口的天花板極低。

連薰予才到簾子口就感受到低溫，像是有股冷氣似的，門口果然很矮，而且等她走入，才發現這裡是天然的岩洞！

僅有門口的岩石頂較低，緊接著便是挑高的大洞穴，這有點像是鐘乳石洞，上方不停有水滴落，一進門後向左看去，有個像是祭壇或神桌的地方，上面放滿鮮花與水果，還有幾個用玻璃櫃封起來的……

「中間那個是兔子嗎？」連薰予看著中間的玻璃甕裡泡著一隻兔子，有點毛骨悚然，「拜兔子？」

「別說兔子，兔子隔壁是竹筒。」蘇皓靖倒是不畏懼的走近觀察，一一端詳幾個玻璃櫃，「還有聖誕樹上的彩球啊？」

每一樣都被好好的封住，擱在這裡頭還真像是被祭祀的物品。

「那是各代最珍視的東西，物品能真空保存，但動物我們只好採防腐，紙張也盡可能處理妥當。」陸虹竹看向連薰予，「看到這些妳有什麼感覺嗎？」

「感覺？」連薰予覺得姊姊的問題真是莫名其妙，「我只覺得很……怪？這裡擺放鮮花素果，的確像是祭拜或緬懷，但後面的奇怪物品不太相襯，至於妳提到的每一代是什麼？你們崇拜的神明嗎？」

「投胎嗎？」蘇皓靖立即反應過來，「我看這桌上這麼多物品，應該人數不少，看起來不是代代相承，就是投胎之類，類似宗教繼承人。」

陸虹竹露出讚許的微笑，蘇皓靖本來就比小薰精明得多。

「宗教……繼承人？」連薰予不安的再看向桌面，「祈和宮的法器或護身都很有用，之前使用時我也感受不到邪惡，所以是具力量的特殊教派？」

「的確，不是壞東西，但是——也不屬於日常人們能接觸到的各式宗教或神佛。」

蘇皓靖接觸過陸虹竹「買」來的所有法器，再對照從剛剛到現在，這裡連尊神像都沒有，便能知一二。

「你們說得都差不多，以本質而言，每一代都是同一個人，時候到了便會離世，死前如果來得及交代，會告訴我們她即將降生之處。」陸虹竹稀鬆平常的說著，「如果來不及交代，我們也能經由占卜得知，盡力的去尋找轉生的巫女。」

「巫女！」連薰予對這名詞相當吃驚。

「對，就是妳既定觀念裡的巫女，具有特殊能力的人，這是我們對能力最高者的稱呼，我們崇敬的便是她！」陸虹竹用淺顯易懂的說法，「具有預知力與靈力，協助這個國家運作，政經關係密切，且同一個靈魂不停轉世，能力也會代代相承。」

「所以？」蘇皓靖瞄向連薰予，「小薰跟這件事有關係嗎？」

連薰予深吸了一口氣，捏緊粉拳，她怎麼突然覺得自己知道答案了。

「她就是轉世。」陸虹竹恭敬的朝連薰予一鞠躬，「而我是守望者。」

果然啊！蘇皓靖看了眼左手邊整排祭台，玻璃櫃裡有多樣屬於不會毀壞的東西，手鐲、項鍊，甚至連一塊石頭都有。

連薰予伸手試圖碰觸石塊，如果她是轉生的一部分，那她應該要有所感覺才對是吧？

婆婆們魚貫進入，蘇皓靖識相的退到簾子邊，看著那年長的婆婆注視著連薰予，從剛剛他就留心，這一屋子人看著小薰的眼神帶有恭敬，可更多的是憂心……瞧瞧這位婆婆現在的眼神，一副快哭出來的悲傷啊！

「這就像一些會轉世的宗教領袖一樣，這一世的人會知道自己下一世在何處……然後你們應該會在我出生前就找到我，說服我的父母，並教導我發揮自己的能力，教導我應盡的責任。」連薰予幽幽回首，看向陸虹竹，「但為什麼是現在？如果我沒有對妳起疑，妳打算什麼時候說？」

陸虹竹竟堅定的看著她，「永遠不說。」

「守望者！」紅繩婆婆突然厲喝出聲，嚇了蘇皓靖一大跳。

「兇什麼，我們陸家早就說過，不勉強她做不想做的事！」陸虹竹絲毫不以為懼，「她不想繼承就不要，不想覺醒也不逼她，我是守望者，我的職責是保護她並給予她一個安身之處！」

「就是因為你們這種態度，才讓她完全沒有一個巫女該有的樣子！」婆婆們怒氣沖沖的紛紛進來，「連與前代的連結都沒有，看看她這樣子……畏畏縮縮的，怎麼會是我們的巫女？」

「我們說過多少次，早該帶她來，你們卻堅持要把她帶在身邊養卻什麼都不提！」

另一名藍繩婆婆也氣急敗壞，「結果看看你們把她教成什麼樣了？」

連薰予下意識的往陸虹竹身邊退，對於這些年紀雖長但氣勢洶洶的婆婆們，她還是有幾分敬畏。

「教成一個正常人。」陸虹竹冷笑，「前代最大的願望，不就是當個正常人嗎？」

「但她是身負重任的！」綠繩婆婆逼向前，連薰予嚇得後退一大步。

這種不必直覺，她都知道要閃好嗎！

不過蘇皓靖輕鬆上前，用偉岸身軀擋住了婆婆們的去向，「喂，客氣一點，不管怎麼說都是你們那個什麼巫女的，禮貌呢？」

「她怎麼是我們的巫女？感受不到強大的靈力，而且她能做什麼？」黃繩婆婆語重心長，「連回應一個普通人的祈願都做不了！」

一群婆婆唉聲嘆氣，連薰予發現她們腰間的繩子都不同顏色，還真巧，也就彩虹七色，一共七位婆婆。

「我需要回應誰的祈願嗎？」連薰予問向陸虹竹，「就像神的存在？」

「可以這麼說，妳有那個能力的。」陸虹竹微微一笑。「但也不能有求必應，該有的平衡還是要顧。」

「我怎麼可能有那種能力，我只是……第六感強了點罷了。」連薰予說這話時有些心虛，瞥向了蘇皓靖。

他正略微側首，與她四目相望，還笑著呢！

怎麼不行？有第六感就能預知發生什麼事，就算不夠清晰也能指引一個方向，要回應某個人的祈願其實並不難。

只是連薰予以前過度恐懼自己的能力，而今能接受後想做的是幫助別人，從未想過像個巫女一樣，待在某個地底讓人崇拜、甚至回應誰的願望等等。

「她沒有想回應誰，對妳們說的巫女也不感興趣，聽清楚了嗎？」蘇皓靖對所有人重複，「不過我倒是很想問，守望者下藥是什麼意思？」

這次轉身，質問的是陸虹竹。

身為律師，這種質詢場面她看得還少嗎？陸虹竹輕蔑一笑，態度倒是坦然。

「就是為了要守護！最近太多東西纏上小薰了，還有那個阿瑋……從以前就很會帶麻煩的人，我不希望小薰為了他涉險，當然——」陸虹竹指向蘇皓靖，「還有你。」

「我？喂，做人要公正啊，沒有我，她可能不知道死幾回了！」蘇皓靖還邀起功來。

「但你太敏銳了，你在破壞我們姊妹的感情……再加上那陣子她惡夢連連，所以我才放了無害的助眠劑，助眠！」陸虹竹趕緊親暱的拉過連薰予，「小薰，那東西是無害的，都會代謝出體外喔。」

連薰予看著陸虹竹，略握緊她的手，「我從沒相信姊姊會害我。」

陸虹竹禁不住泛起微笑，帶著點驕傲的看向蘇皓靖，頗有示威之意。

「妳可以老實說，早點承認一切不就沒事了？一直在暗中窺探，這可一點都不光明磊落。」蘇皓靖並不喜歡陸虹竹的作為，「但我猜妳的辯護理由是：這是為了隱瞞小薰。」

「這就是事實，不是辯解。」陸虹竹直截了當。

連薰予感受到氣氛的劍拔弩張，瞥了一眼那些失望又氣憤的婆婆們，再看著陸虹竹。

「沒搞錯嗎？我真的是什麼巫女？」她小小聲的問了姊姊。

「不會錯的，前代連地址都寫下來了。」陸虹竹肯定的點頭，「妳就是轉世，而且妳的第六感也是證明。」

「那……為什麼不一開始就告訴我？讓我趁早接受這一切，或是練習成為一名巫女？」據她所知，世界上相關的宗教轉世者，都是從小就接受訓練，唯有少部分是因為被尋到的時間較晚，但還是很早便告知其責任義務。

「她剛說了，前代想當普通人。」蘇皓靖失笑出聲，「這怎麼可能做普通人呢？」

他也擁有強大的第六感，有這份能力的人一出生就註定不可能平凡。

「我們每一代都是一找到就開始培養，但前代對這樣的生活很厭倦，她嚮往的是普通人的生活，所以原本她連告訴大家轉世到何方都不願意。」陸虹竹刻意看了婆婆們一眼，「但大家各有力量，所以即使不說，也能找到，她知道這是逃不了的宿命，臨終前只說了句：想當個普通人。」

「所以你們就真拿她當普通人養了！」婆婆們突然怒不可遏的吼著，「帶走後就千方百計的掩蓋她的行蹤，讓我們找不到，或是刻意丟數個線索讓我們疲於奔命，卻沒一個是真正的巫女——」

「結果等我們找到時，她都已經十幾歲了，幾乎錯過了最佳時期，最誇張的是你們絲毫沒跟她提過她的責任與義務！」藍繩婆婆直指陸虹竹，氣得發抖。

「我的義務？」不知道為什麼，連薰予聽見這四個字就有些惱火。

她有什麼義務？她對這些人哪會有什麼義務？

「妳本身就有義務，對人類對世界！這是妳逃不掉的！」橘繩婆婆搖著頭，「不管陸家怎麼保護妳，妳還是得面對現實，光與暗是同時存在的，妳不想承認自己是光，但黑暗依然會找上妳！」

蘇皓靖銳利的眼略低垂，他聽到他想要的答案了。

「黑暗是什麼？連薰予沒有繼承，黑暗也會找上她嗎？」蘇皓靖立即追問，這是他心裡梗著的問題。

因為之前遇到每個都哭著要殺他們的亡靈，不惜汙染自己變成惡鬼的傢伙們，都有個共同點，哭著說它們是被逼的，說好了要殺掉他與連薰予——跟誰說好？那個暗處的人是誰？

從墓地到羅詠捷鄰居屋子裡的屍體，每一個都藏有難以解釋的詭異！即使是有人觸犯禁忌在前，但誰曉得這個「犯忌」本身會不會是一開始就是被設計過的？

「有光就會有暗，我們幾千年來站在光之下守護，黑暗自然就會千方百計的阻止我們，阻止巫女！」紫繩婆婆咬著牙想繼續說，紅繩婆婆突然出手攔阻。

「跟一個外人說這麼多做什麼？」紅繩婆婆打量著蘇皓靖，「我們知道你幫了巫女很多次，似乎也有點力量，但你不足以站在她的身邊，還是快點離開吧。」

連薰予聞言，上前勾住了蘇皓靖的手，「他是我朋友，為什麼他要離開？」

「咳！」蘇皓靖輕輕的戳了她，「朋友？」

連薰予聞言滿臉通紅，他、他、他幹嘛一定要在這時候找碴啦！低下頭捏著他的手臂，連薰予咬著唇都不知道該怎麼回應了。

「巫女要奉獻給世界，不能有私情。」綠繩婆婆語重心長，「守望者啊守望者，你們不好好教育巫女，看看把情況攪成什麼樣了？」

「奉獻？我沒有要對任何人奉獻！」連薰予緊張的勾住蘇皓靖，「我只是普通的白領，一般女人，不是妳們說的什麼巫女！」

婆婆們冷眼望著她，一臉妳在說瞎話的模樣，那眼神冰冷得讓連薰予覺得發寒，她慌張的回頭看向姊姊，姊姊能幫她的。

「聽見沒，這是當代的決定。」陸虹竹高跟鞋喀噠喀噠的走來，「我帶她來，是要解釋我的身分讓她知道，不想讓她被某人誤導，把我當成了壞人。」

說到某人時，她刻意看了蘇皓靖一眼。

「無論如何，既然公開了，請當代好好想想您的職責。」紅繩婆婆嚴厲的說。

連薰予看著這幾雙眼睛，壓力頓時如千斤重擔襲來，「我的職責就是，好好當個櫃檯，幫大家處理雜務、訂便當跟飲料……就是這樣。」

因為她的工作是櫃檯小姐！

陸虹竹揚起滿意的笑容，朝著婆婆們中間走去，逼得她們讓開，「好了，我們要走了，不要擋路。」

「陸虹竹，妳是個失職的守望者！」紫繩婆婆咆哮著，突然撲向陸虹竹的身後，「妳應該要接——」

「姊——」連薰予緊張的尖叫上前。

電光石火間，紫繩婆婆揚起的手愣是沒放下，下一秒反倒掐住自己的頸子，而且還真的使勁起來！其他婆婆趕緊圍上前，但無論大家怎麼掰，竟都掰不開紫繩婆婆自個的手指頭。

尤有甚者，綠繩婆婆居然跟著揚手狠狠抽了下耳光，然後開始左右開弓的連續搧著紫繩婆婆巴掌！

啪啪啪啪，綠繩婆婆力道十足，響亮的巴掌聲在洞裡迴盪……連薰予愣愣的看著就站在前方的陸虹竹，她雙手插在大衣外套裡，用紅唇笑著望向她們。

「住手……住手！陸虹竹！」紅繩婆婆抬首怒吼著，紫繩婆婆的臉都快跟她的腰帶顏色一樣了！「住手，守望者！」

「恭敬。」陸虹竹冷冷的，低沉的撂下兩個字。

下一秒，所有婆婆竟恭恭敬敬的彎下身子，誠懇的做出行禮狀，唯有死命掐著自己的紫繩婆婆與還在繼續搧巴掌的綠繩婆婆除外。

「真好。」陸虹竹嫣然一笑，瞬間，綠繩婆婆停手，紫繩婆婆也終於鬆開手，下一秒直接攤地的大口喘氣。

陸虹竹頭一撇，那鬈髮性感甩動，揭簾而去。

「小薰！」簾外傳來她的呼喚聲，才讓連薰予回過神。

蘇皓靖護著連薰予，小心的跨過坐在地上的婆婆們，她們擔心看著同伴的傷，紫繩婆婆連動都無法動的虛脫，臉頰紅腫嘴都被打破滲血，綠繩婆婆則抖著發紅的手咬牙低泣……原來啊！

蘇皓靖終於明白了，為什麼那天那個綁走陸虹竹的變態殺人犯，會舉槍自盡了。精神控制。

順利回到一樓時，連薰予腦子裡依然亂哄哄的，陸虹竹領著他們在休息區的小方廳裡稍坐，自己則到一旁的隱藏式架子裡，煮了便利的膠囊咖啡。

「有種很難跟上現實的感覺。」連薰予看著倚在牆邊的姊姊，「又是巫女又是轉世的。」

「現實這種宗教轉世很多啊，達賴不就是個現成的例子，其他還有許多宗教派別都有這樣的慣例……具有靈力者，多半都會走原靈魂轉世的路子。」陸虹竹將咖啡擱上他們身旁的茶几，「但我認為即使本質是同個靈魂，每個人的經歷，會造就不同的人與個性。」

「所以你們前一代才選擇想要普通的人生吧？」蘇皓靖倒沒坐，站著端起咖啡，「可這怎麼可能？」

「只能盡量，強烈的第六感是與生俱來的能力，這個閃不掉，我也不知道該怎麼避，我能做到的就是讓小薰在家裡時，減少直覺。」陸虹竹倒是老實交代，「結界與護法我設置得很周全，小薰應該有感覺。」

連薰予點頭，的確待在家時，她的第六感不太能感受到外在的人事物。

「你們到底是做什麼的？婆婆們提到了義務與責任，感覺很沉重似的。」連薰予捧著溫熱的咖啡杯，但心頭卻是涼的。

「很沉重喔，有能力的人總會需要負擔更大的責任，例如世界的安危！如果妳的第六感感應到了嚴重的事故、戰爭及瘟疫時，妳就得出手干預。」陸虹竹就著正對面的沙發坐下，交疊起大長腿，「現階段我們跟政府是相連的，主要是為政府做事。」

連薰予詫異的張大嘴，「政府？」

「嗯，也不算誰為誰吧，地位是平等的，但是我們跟政府緊密相連。」陸虹竹笑了笑，「感覺很奇怪嗎？」

連薰予連忙點頭，層級一下子扯到政治，她根本轉不過來。

「倒是不意外，我之前看新聞時就有點感覺……彷彿未卜先知似的。」蘇皓靖倒是持不同看法，「所以政府要員會找你們……問卜？」

陸虹竹挑了挑眉，揚起微笑，「警方辦案受阻時都會去廟裡問問了，政府有重大事情也能問啊，你們也都清楚，世界上有很多難解的事，也有更多徘徊不去，或是離不開的亡者們。」

連薰予聞言倒抽一口氣，連忙捧著杯子喝了口咖啡，亡靈惡鬼是她從小到大揮不開的惡夢，實在再熟悉不過了。

「但扯到政事就很令人不快，因為動不動就會扯到大局，不是能任我們隨喜好選擇助人或不助人的。」蘇皓靖眼神轉冷的瞄向一旁，「必要時，你們也會選擇犧牲少數，成就多數人的福利，對吧？」

陸虹竹沒回答，只是掛著微笑，悠哉的喝著她的咖啡。

連薰予知道蘇皓靖說的是真的，也知道姊姊不回答就代表答案是肯定的；一旦與政治政府綁上關係，其間的複雜度無人可預料。想到自己這份又愛又恨的能力會被利用，她突然都覺得反胃起來。

責任與義務？她就只是個上班族，不想扛下一個國家或是全世界。

「妳不要煩惱太多，我說過了，依妳的想法為主，爸媽也是如此，所以我們從未跟妳提過祈和宮的事。」陸虹竹語調放軟，「我只在乎我們的誤會，誤會解開了，妳不必搬家了吧！」

咦？連薰予的手顫了一下。

搬家，是因為覺得姊姊在她的飲料裡下藥、又有事瞞她，不安之下她才決定搬離的。是，現在誤會解開，陸虹竹告訴她一個神奇的轉世事蹟與真實身分，輕描淡寫得好像在說隔壁鄰居買了輛新車似的，好像這些日子的猜疑都沒發生過。

姊姊沒意識到的是，光是她真實身分這件事，就讓她難以消化了啊！

「我親生父母當年的車禍，是意外嗎？」連薰予冷不防問起，「我真的是被領養的嗎？」

「真的。」陸虹竹未有一絲遲疑。

「但我沒有被領養的記憶，我不是在孤兒院……」連薰予堅定的望著姊姊，「還有，我的父母為什麼沒有人送葬？而是由醫院統一做的法事？」

陸虹竹眼神直接瞟向蘇皓靖，有時她真的非常討厭這男人。

「妳沒有其他親人，妳的父母雙方近親都已經去世，其他親人則無聯繫，而且當年為了保護妳，祈和宮的人不宜出面，但是——」陸虹竹趕緊強調，「醫院的法事是我們請別的宮廟協助處理的，妳的親生父母都做了最好的超度！至於領養……我們有領養文件，妳是看過的，那時妳還小，不記得是正常的。」

她看過領養文件，是的，知道自己不是陸家的孩子後，爸爸大方的給她看過；可是現在看著姊姊，面對她那無懈可擊的言論，她竟無法完全相信了！

「我們打算同居。」蘇皓靖突然搶白，「所以她應該不會再回家住了。」

陸虹竹立即皺眉，「你們要住在一起了？這麼快？」

連薰予紅了臉，她又還沒答應，他怎麼說得一副勢在必得的模樣。

「她受妳的保護太久了，自己一個人住能行嗎？」蘇皓靖倒是理所當然，「我說真的，沒有我她撐不了太久。」

「所以更應該回來，家才是最好的堡壘！我設下的防護網都是為了妳！」陸虹竹粉拳略緊，有些緊張，「妳一個人住在外面太危險……」

是啊，她受到的保護過度了，這番對話倒是讓連薰予領悟到，難道她要一輩子都生活在姊姊的保護下嗎？連一個人生活都做不到，無法控制第六感帶給她的恐懼、也無法處理跟來的魍魎鬼魅？

擁有比她強大的第六感，瞧瞧蘇皓靖是怎麼生活的？他不也是一個人？

「我不可能永遠在妳的保護下生活吧？」連薰予突然看向陸虹竹，「這樣下去是不行的，我將一輩子無法自立。」

陸虹竹蹙眉，眉宇間略帶怒意，「每一代的巫女，都是在重重守護下度過一生的。」

「但我不想當巫女。」連薰予不假思索，堅定的看著陸虹竹的雙眸，「我只想當——連薰予。」

陸虹竹用力的深呼吸，空氣中瀰漫著僵硬與怒氣，誰都能感受到陸虹竹在壓抑，親愛的妹妹想離開她，似乎成為她的逆鱗。

「如果妳願意，可以用妳的能力讓小薰乖乖跟妳回家吧？」蘇皓靖刻意的，哪壺不開提哪壺。

陸虹竹瞬間利眼瞪向他，這男人沒有第六感依然很不討喜。

「那是不可能的。」陸虹竹放下咖啡杯，「我等妳的決定，但小薰，妳要記住，不管發生什麼事，姊姊在的地方永遠是妳的家。」

連薰予鼻子發酸，她匆匆將杯子擱在一旁，起身朝前擁住了陸虹竹。

姊妹擁抱是真誠的，從小一起長大的情感深厚，這點騙不了人；陸虹竹用力的回擁妹妹，只是她的心頭更加沉重。

「就算一個人住，門口還是要擺柳枝符水，我會拿符紙給妳，還有更強的護符與法器，沒事符水還是要燒來喝，還有……」陸虹竹又開始唸唸叨叨。

「姊，我從小被妳訓練到大，我會的。」連薰予無奈的笑著，「再難喝我都習慣了不是？」

陸虹竹笑了起來，珍惜憐愛的撫摸著連薰予的臉頰，眼底裡似有即將湧出卻硬被壓制住的淚水，有些濕潤。

下一秒，瞟向連薰予身後男人的眼神卻是凌厲且毫不客氣。

「我知道，我會盡可能照顧她的。」不等她開口，蘇皓靖兀自答腔。

「我不需要你的照顧！」連薰予回眸，帶著點傲氣。

是是是，蘇皓靖敷衍的點著頭，那模樣輕浮得令人氣惱。

「我還有工作要做，先走了。」陸虹竹看了眼腕間的錶，「世界上不管有多少不可思議的事，生活還是得過。」

輕輕拍了連薰予臉頰兩下，她俐落的轉身離去。

高跟鞋一路遠去，喀噠音漸而遠去，連薰予仍佇立在這個房間裡，心緒紊亂不已，重重嘆了口氣。

「走吧，我餓了。」蘇皓靖由後一把摟過了她，「把肚子填飽了，才有辦法思考！」

連薰予莫名的就被往外拖，小小踉蹌了一下，「最好是，吃飽了反而想睡，血液都進到肚子裡了。」

「妳現在想再多也沒用，就照自己想的過生活就好了。」蘇皓靖大方的摟著她往外走，還沒忘了跟那些壯碩的保鑣微笑打招呼，說聲再見。

他心底最在意的是「黑暗」的那部分。

如果連薰予是光，那黑暗是什麼東西？而且陸虹竹不知道，每次遭受攻擊時都是他們兩個，並非獨獨針對連薰予啊！

強烈的第六感如果是巫女能力的話，那他這個路人甲擁有更強的能力又是為什麼？

看來律師姊姊真是不誠實呢。

踏出大樓外，紛擾的感覺立即襲來，直覺開始漸漸恢復；回到車上時，對向一輛猛按喇叭呼嘯而過的車子，讓連薰予略打一個寒顫，那輛車會出事。

確切發生什麼不清楚，但至少第六感回來了。

「想吃什麼？」蘇皓靖溫柔的問。

「吃……啊對了！我有燒肉券！」連薰予想起皮夾裡放著，「平日買一送一，吃不吃？」

「好啊，居然這麼好。」他拿過券看著，「限定品項啦，不過還不錯，難得平日就去吃一吃？」

連薰予點點頭，現在腦子裡一團亂的她，也只能先靠吃來撫慰心靈了。

※　※　※

燒肉店平日白天門可羅雀，這樣的用餐環境愜意極了，服務迅速親切，整間店也就不到五桌客人，每次點菜都能迅速送上，這樣吃飯最舒服了。

雖然蘇皓靖刻意閒聊其他話題，試圖令連薰予分心，但今天接受到的訊息是大事，她實在很難放下。

以前曾看過轉世僧侶的影片，那人原本是個實業家，某一天突然有人前來告知，他其實是某某僧侶轉世，爾後他漸漸接受，也答應繼任，開始宣揚教義……那個實業家說，第一次聽到時覺得離譜，還以為是真人實境秀或是惡作劇，不由得哈哈大笑，但隨著僧侶們出示的證據與認真的態度，他反而害怕了。

怕的是平凡的自己怎麼會是這樣偉大的人物？更害怕莫名加諸在身上的壓力，他是一個教派的領袖，同個靈魂轉生，上天賦予他這麼重大的責任，可他又能做些什麼？

但最後，他接受了身上的壓力與責任，因為他明白那是他該走的路。

從未想到，這種事竟然落在她身上。

這像是個以超能力維持的奇怪宗教，一個巫女，能用第六感去做些什麼事？

「奇怪。」連薰予剝蝦剝到一半，忽然頓了住，「你的第六感比我強那麼多，為什麼我會是巫女你不是？」

「嗯……」蘇皓靖假裝很認真的煩惱著，「因為我是男的？」

「煩！」她翻了個白眼，「還跟政府一個陣線，聽著就不舒服。」

「妳有想要去當那個巫女嗎？」蘇皓靖放下幾片肉，烤盤滋滋作響。

連薰予立刻用力的搖了搖頭，把蝦子塞入嘴裡，「那不適合我，我只想過平凡日子。」

不管是被膜拜或是扛什麼壓力，那都不是她能勝任的。

「那就好了啊，既然妳不想，那祈和宮的事就與妳無關了。」蘇皓靖乾脆的拍板定案，「所以根本不需要煩惱對吧？」

連薰予望著夾肉到她盤裡的蘇皓靖，這傢伙真的一直都這麼泰然，明明感應力比她更強卻可以什麼都無視，明明更容易遇上魍魎鬼魅，卻永遠都能遊戲人間。

這樣的從容到底是怎麼辦到的啊！

「別這樣盯著我喔。」蘇皓靖雙眸驀地鎖定她，「我會害羞的！」

唔……連薰予的臉一秒漲紅，這個人真的無敵煩耶！她低下頭用力擦手，剛剝完蝦滿手都黏黏的，還是去洗手比較乾脆！

起身朝洗手間走去，用洗手液洗了兩次才乾淨，望著鏡子裡的自己，她這容易臉紅的習慣真的很糟，遇上蘇皓靖那種撩妹技能點滿的傢伙，隨便被調侃兩句就露餡了啊！

甩乾手，鏡子裡倒映著身後的廁所，突然有兩扇門同時微幅敞開……連薰予停下甩手的動作，盯著鏡子不放，廁所隔間不多，一條甬道兩兩相對也才四間，但這風吹的幅度也太標準了……

而且吹開後，門都沒有闔上，反而是有光影同時從四扇門縫裡閃過……連薰予聽見外頭自動門開啟的叮咚聲，接著櫃檯熟練齊聲高喊：「歡迎光臨！」

『呀——呀——』淒厲的慘叫聲突然傳來，連薰予看見眼前的鏡子映出別的影像，有把剪刀掉落地板，牆上掛的照片顫動後斜倒，角落有個東西飛快移動，而疊影中的四扇廁所門上，竟蓋滿小小的血手印。

喝！她倏地回身，面對著空無一物的廁所，上頭的氣窗透亮著，每扇門都是關著的，其中一間傳來沖水聲，一個女人悠哉的打開門從裡頭步出。

連薰予假裝沒事的趕緊離開女廁，才走出門口卻差點撞上在外面堵她的蘇皓靖！

「小薰！」蘇皓靖及時攫住她的雙臂，她蒼白的臉色與踉蹌道明了一切，「沒事，沒事的！」

「你有感覺到嗎？有人在尖叫。」連薰予聲音略顫，「我沒聽過叫得那麼淒厲的聲音，光聽就很痛，還有一堆血手印！」

「有，放寬心，我們在公共場合，每天都有人會出事。」蘇皓靖低聲安慰，「我們剛剛在和平的地方太久了，所以妳一時無法承受這種等級的直覺吧！」

「不是……不……我在家時也很平靜啊！」連薰予連忙搖頭，「那太真實了，連洗手間裡都有異象！我看見了！」

「看見什麼？」蘇皓靖略微嚴肅，他也有感受到什麼，但沒有看見畫面。

天哪！連薰予雙手掩面，畫面太亂，她感應到的資訊太多了，「每扇門上都有血手印，很小很小，小到……」

她比了大小，迷你得令人驚訝。

「小嬰兒？」蘇皓靖看著她比出的大小，那像某某同事生下孩子後，在醫院做的手足拓印。

「那我去拿醬料！」他們斜後方的位子傳出爽朗的聲音，一個高大的身影站起身，走出半人高的小包廂。

連薰予跟著瞪圓雙眼，蘇皓靖感到異常熟悉的回了身，而走出包廂的男人正在左顧右盼找著醬料區，一眼就瞧見了他們。

「咦！蘇大哥！」男人簡直喜出望外，隨即朝他們衝過來，「連小姐也在，果然……哇！好一陣子不見了！」

蘇皓靖絲毫沒有興奮之情，「你結婚了？」

「要當爸爸了？」連薰予揪著心口，剛剛的確是聽見有人進來才感受到的。

男人一愣，傻傻的眨眨眼，「你們感覺到我快結婚了嗎？所以——喔喔喔，我要展開新戀情了！喔耶！」

男人直接在烤肉店裡歡呼起來，而且是很中二的那種姿勢，惹得眾人側目不已，他也無所謂，而他剛走出的小包廂裡，有個女人站了起來，好奇的朝他這邊張望。

「重紹？」

彭重紹轉過身，立刻拉過蘇皓靖就往他的包廂拖，也完全沒問人家願不願意……蘇皓靖無奈的跟著前去，連薰予自然是緊緊跟隨。

「姊！就是他們！」彭重紹興奮的帶著他們進入小包廂，「之前幫我們家逃離詛咒的那兩個人！這是我表姊！涂靜媛！」

涂靜媛其實見過他們，一眼就認出來了。

連薰予也認得，那時在醫院見過，但是她在意的是……視線下移，她看著的是涂靜媛隆起的肚子。

「好久不見！一直都沒能好好謝謝你們！」涂靜媛趕忙也挪出位子，「你們也剛好來這邊吃飯嗎？要不我們一起吃？」

「不用，我們快吃飽了。」蘇皓靖看著她的肚子，「恭喜，幾個月了？」

「七個月了……」涂靜媛低頭撫著肚子，露出幸福的神情。這孩子是她好不容易盼到的！

剛剛的尖叫聲是女人，但連薰予無法確定是不是涂靜媛。

可是懷孕、嬰兒，這些巧合都讓她不安。

「懷孕過程都好嗎？會不會有哪不舒服？」連薰予溫聲的問。

「很好，孩子很健康！」涂靜媛幸福的笑了起來，「是個健壯的男孩子喔！」

「喔，很好。」蘇皓靖劃上笑容，「好了，你們慢慢吃吧，我們先回包廂了！」

「欸……」彭重紹不死心的趨前，「不是，那今天這餐我請！」

蘇皓靖搖頭，「我是不是說過，不要你的錢財？遲早有的是時機你能回報我的。」

「那是什麼時候？蘇先生，你這麼厲害，怎麼會有需要我幫忙的地方？」彭重紹一臉失落。

蘇皓靖敷衍的淺笑著，瞄向涂靜媛的肚皮時，覺得她的肚皮彷彿鼓動了一下。

「不急，會有的。」蘇皓靖拍拍彭重紹，「那個……表姊是嗎？要多留意身體，還有不該去的地方不要去。」

咦？彭重紹一怔，他蹙起眉看向蘇皓靖，接著再瞄向連薰予，她明顯的在閃避他的眼神。

「什麼是不該去的地方？唉唷！」涂靜媛倒是笑著，「別嚇我，我當然不會接近不乾淨的東西啦！」

「不僅如此，有些禁忌還是要守。」連薰予再三提醒，「事無大小，最好能避都避。」

不對勁。警鐘在彭重紹心裡響著。

他與蘇皓靖他們認識，是一種緣分，當初他們家掃墓犯上禁忌，恰好他跟阿瑋認識，因為阿瑋的緣故又輾轉認識了蘇先生他們，進而救了他們家族。

擁有強大第六感的他們，光憑直覺就能知道很多事。剛剛他們兩個為什麼會同時離開包廂？一見到他就以為他要結婚了？當爸爸了？他們一定感應到什麼了！

「喔，我盡量啦！」涂靜媛尷尬笑著，「有些你們也知道都是穿鑿附會的陋習，但是那種別幫人插香的事，我都會避免的。」

陋習……或許有的是無根據的傳統，但又是誰判定那些禁忌的真假？禁忌千百種，多是以訛傳訛、穿鑿附會之說，但只要有一個是真的、就一個，犯上就麻煩了。

回想起來，姊姊每次提起禁忌都是有意義的，總是會有那麼一個禁忌是絕對不能觸碰的。

蘇皓靖走回包廂，彭重紹不想讓姊姊擔心也沒說破，只說醬料還沒取，涂靜媛暗示他先去幫連薰予他們買單，但弟弟根本心不在焉。

「他姊姊有狀況。」連薰予回到位子上，就迫不及待的低語，「這不會是巧合。」

「我知道，但是剛接近她時，我什麼都沒感覺到。」蘇皓靖嚴肅的蹙眉，「女廁裡沒別人了嗎？會不會是裡頭的人？」

「有另一個女生，但我知道不是她。」連薰予有些難受的深呼吸，「她看起來很健康，身上也沒有不好的氣息，不該……」

冷不防的，端著飲料的彭重紹進入了包廂，連薰予一見殘影就嚇了一跳，而彭重紹立刻蹲到蘇皓靖身邊。

「我姊會出事對不對？」他凝重的看著蘇皓靖，「我從你們的反應看出來了，是不是我們一進店你們就感受到什麼了？」

蘇皓靖看著他，對面的連薰予欲言又止，但開不了口。

「對。」蘇皓靖倒是乾脆，僅僅遲疑兩秒，「但或許不是大事，只是她要留意孕期禁忌。」

彭重紹擰眉，「就這樣？」

「差不多，我看到剪刀，請她用剪刀時小心一點。」連薰予低聲交代，「剪刀會落地，說不定會傷到她，讓她多留意就是。」

「好，好好！」彭重紹跳了起來，誇張的九十度鞠躬，「謝謝你們！」

看著他如釋眾負的奔回去，連薰予卻極微不安的看向蘇皓靖，她終究還是沒說出全部，但也不算騙他吧。

剪刀落地是小事，但要怎樣解釋那淒厲的慘叫聲，以及門上那一個個血紅的小手印？

第三章

聽見開門聲時，涂靜媛正忙著洗菜，朝左後方瞥了眼，孩子從房間裡跑出，直接朝門口奔去。

「爸爸——」趙亞帆一把抱住趙逸豐的雙腿，是對回家的爸爸最熱情的迎接。

「哇喔！今天這麼開心啊？」趙逸豐笑吟吟的拍拍女兒的頭，「好香啊，媽媽在煮飯了？」

「嗯！」趙亞帆用力點著頭，拉著爸爸一起踏進客廳。

趙逸豐隨手將身上的背包取下，擱到一旁，循著香氣朝廚房走去，涂靜媛回眸朝他一笑，「回來啦！」

「嗯，今天好嗎？」他上前洗手，「中午跟重紹吃得如何？」

「很不錯呢，大飽口福！改天我們也去吃！」涂靜媛雙眼晶亮，「我跟你說喔，我們今天還在燒肉店，遇到了之前重紹說的高人！」

趙逸豐微怔兩秒，「噢，就他小伯父家滅門那件事嗎？」

「嗯啊，起因就是重紹他們家在掃墓時對他人墳墓不敬造成的一連串大事！」涂靜媛嘆了口氣，「現在想想還是覺得怕，的確不禮貌，但為此滅門……還有好幾個孩子都受傷了！」

「唉，在墓地裡本來就要很小心的，不管什麼鬼神之說，這是基本禮貌。」趙逸豐認真的回應，接過涂靜媛手裡的刀子，「來，我來。」

「咦？我切就可以了吧？」涂靜媛還在說，刀子已經被拿走了。

「我做飯比妳強吧？何況妳現在懷孕妳最大，別碰這些刀子、爐火的！」趙逸豐清了清喉嚨，「乖乖做皇太后就好啦！」

涂靜媛笑了起來，輕打了他一下。

「說什麼呢，這種就真的是迷信了！」涂靜媛到爐邊看著湯鍋，「什麼不能拿剪刀，不能搬家的……」

嗯，她突然想到，今天弟弟也很認真的耳提面命，叫她不要拿剪刀，所有孕期禁忌每一樣都要遵守！這是一朝被蛇咬，十年怕草繩嗎？歷經上次在他人墳地不敬之後鬧出一堆事，現在這種明擺著的迷信禁忌他也信了？

「搬東西可千萬不要，有什麼事請吩咐小的我，別傷了肚子裡的寶貝！」趙逸豐突然像是想起什麼似的，「對對，爸媽說等等會拿些補品過來，要給小祖宗補的，直接送到警衛室就不上來了！」

涂靜媛神色從緊張到放鬆，尷尬一笑，「媽真貼心。」

「我媽很好的啦，她知道他們來會給妳壓力，但又想要幫妳好好補補，畢竟這是他們超期待的金孫啊！」趙逸豐溫柔的笑著，「這是最兩全其美的方式，妳能補身，又不會感覺壓力大。」

涂靜媛點點頭，偎上丈夫肩頭，「我知道爸媽對我好，但就是……」

「知道！就像我無論如何也不會是妳爸媽的親生兒子，這道理我都懂，像我爸媽對妳好，也是愛屋及烏。」趙逸豐低首對著肚子說話，「只是現在不知道是因為哪個屋喔！」

自從公婆知道這胎是男孩後，態度好得不得了，這種重男輕女與傳承的思想還是深植在某些人心中，他們對涂靜媛是很好，也從未主動提過想要男孩，但是一旦她真懷上了，潛意識的反應全出來了。

「以前他們可沒這麼疼我。」涂靜媛無奈的笑笑，「差有點大！」

趙逸豐心裡多少也明白父母心中潛藏著重男輕女的觀念，「哎，妳也知道，這種從小的洗腦教育，他們說不定自己都不知道。」

油已熱，趙逸豐將切好的菜扔進鍋子裡，一下子發出滋的聲響，香氣四溢。

「你呢？」涂靜媛好奇的看向老公。

趙逸豐手持鍋鏟俐落的炒著菜，只是衝著愛妻笑笑，沒回答這個問題，讓她離開廚房休息。

「妳去坐好，別老這樣忙進忙出！」趙逸豐推著她，「去去去。」

「我是懷孕，又不是生病！」涂靜媛嚷嚷著，卻還是幸福的離開了廚房。

廚房與餐桌僅有一鏤空小櫃子相隔，走出廚房就是餐桌，餐桌邊坐著正在畫畫的女兒，涂靜媛上前輕撫她的頭，順便看她在畫些什麼；趙亞帆喜歡用粉蠟筆畫畫，現在圖紙上畫有三個人坐在草地上野餐，其中的女人大腹便便，一眼就知道是她。

「畫媽媽啊？這麼漂亮？」涂靜媛指著畫裡的女人。

「嗯！」趙亞帆用力點著頭，藍色的畫筆塗著藍天，「這是上個月我們去玩的地方，還有坐小船！」

「唷，畫得真棒！哇，還有妳最愛的Kitty耶！」涂靜媛一邊讚美一邊柔聲的說，「不過我們等等要吃飯了，東西先收起來，吃飽再畫？」

趙亞帆的手沒停下，隨口應了聲，「嗯，我天空快畫好了。」

「那天空畫好就收起來喔。」

「好！」趙亞帆向來乖巧，專注著塗滿蔚藍的天。

涂靜媛又輕拍了女兒的頭幾下，便先走進房間裡，她的房間就在餐廳旁，站在房門口往右邊就能瞧見廚房；月份大了腰也開始痠，挨著床沿坐下稍事休息，看著床頭櫃上的小衣服，又珍惜的捧在手上。

這是她自己做的衣服，她極擅手工藝，希望孩子的衣服都能是自己親自做的。

初生兒很小，但長得很快，所以她不會做太多套，足夠替換就好；姊姊的衣服早已送人，畢竟差了七歲，亞帆舊時的衣服並沒有留到現在。

而且，亞帆是逸豐與前妻生的孩子，她小時候的衣服早已都送人了。

她原本想用縫衣機縫衣服，但年久失修有些不好踩，所以她暫時用手縫；縫製孩子的衣服她一點都不嫌累，閒來無事還在上頭刺繡，繡上寶寶名字，因為一知道性別後，老公已經直接叫他大頭菜了。

但繡字太難，不過繡個圖案對她來說還是小菜一碟，其他衣服她倒是認真的想繡上名字，所以已經網購了刺繡機器跟新的簡便縫衣機。

繡到某個段落要換顏色，涂靜媛將線剪斷後，準備再使用另一組顏色，剪刀在手上發出了金屬聲，她又想起今天表弟對她耳提面命，關於不能使用剪刀的事。

重紹真的太緊張了，陰影太強烈了嗎？

右手握著剪刀，一開一闔，她也只是莞爾，鬆手要放回櫃子上時，房間卻突然傳來咿啞聲。

嗯？涂靜媛向後方望去，她熟悉這個聲音，他們的床尾就是廁所，廁所門軸似乎因為濕氣過重鏽蝕了，開關門時總會發出咿啞聲響，有時連木門也會因為熱脹冷縮而發出喀啦的聲音。

隨手把膝上的衣服往床上擱，她起身就要去查看廁所，怎知左手剛擱的剪刀根本沒完全擺上櫃子，重心在後，她才站起身，眼尾就瞧見整支剪刀啪的掉了下來！

咚！

「哇！」涂靜媛嚇得急忙縮起腳，敞開的剪刀刀刃直接刺向地面、彈起，再落在一旁！

驚恐的看著地上以及自己及時縮起的左腳，如果她沒縮起腳，只怕刀刃直接插進她的腳板了！

「媽媽？」亞帆被聲音吸引的探頭進來，「什麼東西？」

「沒事，媽媽東西掉了。」涂靜媛趕緊彎身拾起剪刀，這一次仔細慎重的把它擱在櫃子上，「沒事了，妳去把畫畫的東西收一收喔！」

「嗯！」女孩點頭，轉身又走了出去。

驚魂甫定的涂靜媛拍拍胸脯，幸好廚房裡的丈夫正在炒菜，否則讓他聽見這動靜又得碎碎唸，他本來就覺得她自己做衣服多此一舉，要讓他知道了更有理由勸退她了。

「沒事沒事！」撫著肚子自言自語，她是說給孩子聽的。

走到廁所前，其實沒感受到風，將門推開壓到底也能見到廁所的氣窗關閉著，再將門板前後拉了拉，每次的扳動都發出咿啞聲。

「哎，真應該要上點油了。」涂靜媛唸著，最後選擇將門敞開，貼著牆擱好。

才轉身沒兩步，身後再度傳來鏽門的聲響……咿……涂靜媛錯愕的蹙起眉，立刻回首看去，門後沒掛東西，重心不該會因此改變啊！

才想著，白色的廁所門竟直接用力的關上了！

砰！

「呀！」涂靜媛跳了起來，不穩的向後！

趙逸豐剛巧準備進來叫開飯，看到被嚇到的老婆，緊張的趕緊衝進來扶住涂靜媛。

「小心小心……」他幫忙撐著她的肚子，剛剛涂靜媛那樣看起來差點就要跌倒了！

「我……」涂靜媛一時說不出話，雙眼看著廁所門，她被嚇到了！

「沒事沒事！門突然關上嚇到了嗎？」趙逸豐憂心的皺眉，「就放著別管它……窗戶我可能沒關好。」

「窗戶是關著的，我才剛檢查完……」涂靜媛的聲線有點緊繃，雙眼離不開那扇門。

因為剛剛那扇門，就像是被「甩上」的啊！

「是嗎？」趙逸豐趨前，就準備打開門。

「逸豐！」涂靜媛緊張的喊著，「不要——」

餘音未落，趙逸豐便已打開了門，順道打開燈，裡頭是平常的廁所，趙逸豐入內確定窗戶是緊閉著的，再次檢查四周，最後乾脆將氣窗上鎖。

「走，吃飯了！」趙逸豐溫柔的摟過愛妻，朝房外走去。

涂靜媛心裡難安，不由得往廁所那兒看去，緊閉的氣窗不可能有風進來，就算有，門也不會是那樣被甩上！

走出房間時，趙逸豐刻意把房門關上，他知道孕婦都比較神經質，就怕靜媛胡思亂想，趕緊扶著她坐下。

亞帆已經在收拾畫具，乖巧的把東西都搬到客廳去，趙逸豐擦拭桌面，開始擺上餐具。

「我來幫你吧！」涂靜媛說著，挪了身子就要起身。

「別別，妳坐好，等著吃飯就好了。」趙逸豐擱下碗筷，滿意的笑著。

「我是懷孕！」涂靜媛實在覺得無奈，月份一大，好像她什麼都不能做了。

「懷孕可是大事呢，對不對啊，帆帆！」趙逸豐刻意對著女兒說，「媽媽肚子有弟弟，是不是要更加小心？」

「對！」可愛的女兒用力的點點頭，也坐到母親身邊。

趙逸豐繼續端上菜餚，他只剩下最後一道菜便可收工，鍋還在火上熱著呢！

涂靜媛臉色不太好看，她還是在想剛剛發生的事……

「他嚇到媽媽了嗎？」趴在桌上的女孩眨了眨眼。

涂靜媛愣了住，「他？」

「他不乖，關門好用力對不對！」趙亞帆用著圓亮的大眼看著涂靜媛。

她莫名打了個寒顫，「誰？」

「那個男生啊……」亞帆直接指向她身後的房間，「跑來跑去的。」

涂靜媛腦袋一片空白，看著女兒說得煞有其事，此時趙逸豐正得意的喊了句上菜，呈上脆綠的清炒豆苗。

「來嘍，主廚一出手，便知有沒有！」菜餚上桌，色香味俱全。

但是，涂靜媛卻一點食慾都沒有，帆帆說的那個男生究竟是誰？

※　※　※

涂靜媛睜眼時，感覺到自己渾身濕透，這夜輾轉反側，什麼時候睡著的她也不知道，撫著肚子坐起身朝旁看去，丈夫呼呼大睡，睡得鼾聲大作，而她汗濕了睡衣。

剛作了個惡夢，但才醒來又忘了內容……只記得很可怕，是關於孩子的惡夢。

扶著肚子下床，看著臥室裡的廁所她卻遲疑了，她還在介意晚上的事，後來找時間偷問亞帆，她口中說的男生是誰，孩子卻說不出個所以然，只說就有個男孩在家裡胡亂奔跑！

她不知道是亞帆真的見到什麼？還是小孩子幻想中的朋友？

她不是不信邪，大節日該拜的還是有拜，重紹家發生的事她也略知一二，但是……她一沒做虧心事，二來也沒犯錯，第三這間屋子逸豐住快十年了，要有問題早該有事了。

孕婦頻尿，但她現在就是覺得心裡發毛，說什麼都不想進房間的廁所。

轉過身，躡手躡腳的打開房門，她決定去上外面那間廁所才心安；途中經過女兒的房間，半掩的房門好讓大人察看狀況，涂靜媛進去為趙亞帆蓋妥踢掉的被子，再進廁所如廁。

呼……忍不住嘆息，曾幾何時她竟然會怕上自己房間的廁所了？

沖水洗手，挺著肚子走出廁所，輕聲的關上電燈……啪，黑暗的客廳透出唯二的光源，一個是她左手邊緊鄰廁所的女兒房間，另一個就是現在十一點鐘方向，她未閉的房門。

在靠近房門地上的插座上，她習慣點一盞微弱的夜燈，因此房間會透出點光。

而現在，門口有個影子。

涂靜媛僵在廁所前方，看著那雙腳敞開站在房裡的人影，影子就倒映在地板上，看起來是站在門內燈前。

「豐？」她親暱的喊著丈夫，但對方沒有動。

涂靜媛不由得緊張起來，她捏著拳小心的往前走去，起床就起床，卡在那兒做什麼？

「別鬧喔，怎麼了？」她再問，但腳步卻漸緩，不敢貿然再往前。

接著那影子迅速回身，離開了門邊，她甚至聽見赤足踩地的聲音，砰砰砰的奔跑。

「豐！」涂靜媛小心翼翼的走到門口，門邊沒人，探頭朝裡望去……

鼾聲平穩的傳來，門口右手邊的床上睡著丈夫，甚至沒有變換姿勢的沉睡，她離開床榻時的被子仍舊是一樣的角度……丈夫看起來完全沒移動過，如果是這樣的話，那剛剛站在門口的影子是誰？

她不安的回首，她現在就站在門口，小夜燈就在角落，所以她的影子便倒映在了外頭的地板上……這個比例只令她心驚，剛剛的影子小了許多啊！

所以，剛剛站在這裡的人……身高是個孩子？

涂靜媛再度打了個寒顫，這太扯了！帆帆在房間裡睡著，他們家只有他們三個人，哪裡來的小孩？

「喂！豐！豐！」但她實在害怕，走近床邊，直接搖醒丈夫，「趙逸豐！」

「……嗯？」趙逸豐睡眼惺忪，根本不知道發生什麼事，「靜媛？」

「你剛剛有沒有起來？」她認真的問，趙逸豐一臉疑惑。

「什麼？妳不舒服嗎？」他揉著眼睛，魂都沒歸位咧，「現在幾點……」

「你剛都沒起床嗎？」涂靜媛根本是問心酸的，「我覺得屋子裡有別人！」

什麼？這一下趙逸豐全醒了，他立即掀被下床，忙把老婆往床上放，謹慎的朝著半掩的房門往外看。

「小偷？」他回首，用嘴型問。

涂靜媛搖搖頭，眼神卻朝著房間角落的廁所瞟去，「你幫我去廁所看看好不好？」

在房內？趙逸豐嚇得可不輕，他吃驚的看向老婆，再看向浴室，竟有人這麼明目張膽的在家中有人時闖入？還進到房間？

真的假的？他其實萬分狐疑，但還是順手拿了房間裡的物品防身，小心翼翼的朝著廁所走去；涂靜媛也不敢落單，她下床想跟在他後頭，但趙逸豐怕她危險，就讓她站到床尾，貼著廁所另一面的牆，那個死角安全些。

啪的打開燈，發著抖的趙逸豐大喝一聲，然後往廁所裡一瞥——貼著牆的涂靜媛冷汗直冒，她聽見老公進入廁所的聲音，然後……是水聲，他在上廁所？

「喂！」涂靜媛沒好氣的走到門口，「趙逸豐！」

「厚，就什麼都沒有啊！妳是不是作惡夢啦？」趙逸豐打了個大大的呵欠，「害我想說誰這麼扯，都有人在還敢進來！」

她神經過敏嗎？涂靜媛回頭環顧房間，那不是幻覺，她也沒夢遊，但剛剛真的就有個人站在他們房間門口，地板上的影子清清楚楚，假得了嗎？

「靜媛，妳這比較危險吧？」廁所裡傳來丈夫的聲音，「妳怎麼把東西擺在這裡？」

「什麼？」涂靜媛探頭進去看著，只見趙逸豐拎著一把剪刀，「咦？」

剪刀？她倏地朝梳妝台上看去，今晚睡前她把剪刀連同衣服擺回梳妝台上了啊！

「為什麼把剪刀放在浴缸裡啊？」趙逸豐搔著頭走出來，「這是剪布的吧，很利很危險耶！」

涂靜媛根本沒理他，她轉身就往梳妝台去，別說剪刀了，連要做給孩子的衣服都不見了！

她慌亂的打開燈，開始在桌面上尋找，她是同時準備做好幾件，但是下午縫的黃色衣服怎麼不見了？

「衣服買就好了，不要花時間做這個啦！」趙逸豐悻悻然的把剪刀拿回來，「又動剪刀又動針的感覺好危險。」

涂靜媛沒理他，只是蹲下身一個個抽屜尋著，「你有看見放在最上面那件黃色的嗎？」

「嗯？沒啊？」趙逸豐順手就把剪刀擱上了桌。

金屬聲讓涂靜媛神經緊張，她瞥了眼桌上的剪刀，不安的打開第一個抽屜，把剪刀妥善的收入；接著再度在床頭櫃邊尋找，正在刺繡的那件衣服為什麼不見了？

「好了，別找了，說不定妳擺到別的地方去了。」趙逸豐溫柔的搭著她的肩，「親愛的，半夜兩點，我們好好睡覺行嗎？」

涂靜媛看著只擺著丈夫水杯的桌面，忍不住身子的微顫，「我……昨晚把衣服連同剪刀，擺在梳妝台上。」

「沒關係，明天天亮就會出現了。」趙逸豐安慰著妻子，「妳不知道孕婦記憶會變差喔！」

「最好是！」涂靜媛一點兒都不贊成這個理論。

「好，那就是有小天使搞鬼了！」趙逸豐忙把愛妻哄上床，「總是這樣的，家裡的小精靈會把東西藏起來，妳要找時無論如何就是找不到，但不想找時砰的就出現了！」

平時涂靜媛會喜歡趙逸豐這種樂觀的個性，但現在這種氛圍下，她是真的笑不出來！但是白天他要上班，睡眠很重要，她不能再這樣亂下去……而且說不定她真放到別的地方忘了。

但是，剪刀放在浴缸？她是夢遊嗎？

接著，她想起晚上帆帆曾跑進房間玩，該不會是帆帆亂擺吧？明天要好好教孩子，剪刀這種東西說過很多次了，不許碰啊！

趙逸豐關上房門，接著前去關上廁所燈與房間的大燈，涂靜媛爬回已冰涼的被窩裡，老公躺下來後前一秒還朝她扔出一抹幸福笑容，結果下一秒闔眼就斷電。

涂靜媛無奈的為他蓋妥被子，既然逸豐已經查過廁所沒什麼……她閉眼甩頭，她就不要再胡思亂——唔！

腳上一陣刺痛，她嚇得縮起雙腳，直瞪著被子瞧。

遲疑數秒，她才戰戰兢兢的掀開床尾的被子——一件黃色、上頭還插著繡針的衣服，好整以暇的躺在那兒。

※　※　※

杯子從指尖滑出去時，連薰予連挽救都沒有，因為她聽見了孩子們的嘻笑聲，還有女人的尖叫聲。

杯子在水槽裡摔出聲響，所幸是馬克杯，高度又不高，並沒有造成任何損壞；房間裡的蘇皓靖從容穿著襯衫，面對外頭突然的摔杯聲一點緊張慌亂都無。

轉身拿過椅子上的外套時，他彷彿看見有雙帶血的腳從面前奔過，是不屬於大人的腳丫子。

「如果是我，最近什麼都不管。」他走出房間，「不管彭重紹，或是那個活動的神主牌。」

連薰予這才回神，拾起滑落的馬克杯，「我聽見兩組心跳聲，像是嬰孩與母親的。」

「時間差不多嘍，該上班了。」蘇皓靖完全不在意她說的，看起來也沒打算出手。

連薰予趕緊把杯子放進烘碗機中，匆匆回房間去拿東西。

她現在住在蘇皓靖家，但是她睡在客房裡，很意外的這位俊美的花花公子居然沒有直接出手，她自己反而緊張了半天；睡蘇皓靖家並不好過，他們本來就因為距離越近，直覺越強，所以這一整晚……她輾轉難眠。

「想回家了？」一進電梯，蘇皓靖就說中她心事。

她抬頭望著他，臉上難掩疲態，她昨晚幾乎沒辦法睡，聽見附近所有的聲音，都能感受到背後的故事，就連夜半在牆角叫春的貓，都可以感覺到牠曾經在一個疼愛牠的家庭待過。

幾乎都是糾結與痛苦的記憶，讓她覺得沉重。

「你都沒感覺到嗎？我就在這裡，你的感受力也會增幅。」她輕輕拉住他的衣角。

蘇皓靖只是微笑，大手攬過她，二話不說就在她額上親吻。

「妳必須習慣這一切，然後無視一切過自己的生活。」他帶著憐惜，他始終認為陸姐真的保護過度了。

像他從小就靠自己去突破這些關卡，至今就算有怨鬼在窗外咆哮，他也能無入而不自得了。

她現在沒辦法！連薰予說不出口，但是她偎進了他懷中，蘇皓靖的胸膛總是能給她強大的溫暖與依靠；雖然直覺也會變強大，但只要在他身邊，她會有種莫名的安心感。

「我到公司後會聯繫彭重紹喔！」連薰予也不拐彎，直接表態這件事她要插手。

「妳姊那天才在說，有光就有暗，有東西在窺探、甚至意圖攻擊妳，這些日子來遇到的狀況不算少，妳不是不知道。」蘇皓靖無奈的嘆氣，「轉世小姐，妳不覺得現在應該要先關心自己的性命嗎？」

「你覺得不幫忙就不會有事嗎？從小到大，我們少看了哪隻鬼？一旦對上眼，不是纏著就是攻擊，這也不是躲掉就沒事的。」連薰予跟著捶了他一下，「少叫我什麼轉世小姐！」

「妳就是啊，轉世的咧！」蘇皓靖再度摟過她，兩人一道步出電梯，「聽我一句勸，現在最好什麼事都別碰，每次無辜的亡者都會被迫找我們麻煩、哭著想殺我們……呃，還是想殺妳？但它們流再多的淚，看起來再歉疚，最終還是想殺我們啊！」

啊！是否因為他能保護連薰予，所以連他一起殺？再怎麼樣也都會刻意使他們分開，遇險太多次了！

「所以就別離開我。」她揪著他的西裝外套，昂首望著他。

就那副我見猶憐的纖細，不知道多少男人都融在那雙秋水裡，蘇皓靖索性停下腳步，旁若無人的勾起她精巧的下巴，俯頸便吻了下去。

停！連薰予緊張的雙手交疊摀住他的唇，嬌羞的紅著臉瞅他，「你幹嘛啦！」

他們現在在樓下大門耶！警衛正站在櫃檯邊笑吟吟的瞅著他們咧！

「早安，蘇先生！」警衛笑得可燦爛了，「這個……是哪個堂妹還表妹啊？」

「喂！大叔……」蘇皓靖緊張的嘶了聲，明顯的抽了口氣。

嗯？連薰予蹙起眉，聽出了哪邊不對勁，緩緩朝右瞟去，警衛的笑容可尷尬了。

「原來還有其他的姊妹都來找你啊！」連薰予冷哼一聲，瞬間收了手，一旋身就離開蘇皓靖的懷抱範圍，「那你慢慢跟那些姊妹聊吧！」

「喂——」蘇皓靖本來整個人重心都賴在她掌心，這麼一鬆，害他往前踉蹌。

他沒好氣的指著警衛大叔，朝自己喉嚨那兒比了個割喉的動作，他可被害慘啦！警衛大叔一臉無辜，以前這樣說都沒事啊！

「連薰予！」他趕忙追上前，「喂喂，妳什麼時候走這麼快了？」

連薰予並不在意這種事，她就是打趣的逗著蘇皓靖，又不是第一天認識他了，還未交往前就知道他的花心過往，她並不在意。

他們看得太多、感受得太多，多少怨都是從嗔痴愛恨中誕生的，學會理性面對與尊重彼此才是重點，她在意的是那個懂她、了解她、能接納她的蘇皓靖。

說不定，他真的是她的Soul mate，靈魂的另一半。

蘇皓靖上前拉過她，大方的在她髮上一吻，她笑著任其摟著，他們一道上了車，蘇皓靖送她到公司後，再前往自己的工作地點；下車時連薰予站在人行道上，依依不捨的朝他揮手道別，有種心暖暖的感覺。

一起上下班原來是這種感覺，甜蜜感充塞在胸臆間，化不開似的。

「唉唷，看看那張熱戀期的臉蛋，好迷人喔！」左手邊傳來嘻笑聲，連薰予完全不需要第六感，都知道來者何人。

就見左方兩公尺外，俏皮的女孩用雙手的食指與拇指比成一個框，模仿照相的姿態，將那遠去的車子與連薰予放在框裡，還煞有其事的瞇起一隻眼；她身邊的男人用羨慕的眼神看著她，嘴角亦掩不住笑。

「早安，羅詠捷。」連薰予向左旋了腳跟，「唷，蔣逸文也在呢。」

「喂，什麼叫也？」蔣逸文沒好氣的唸著，「早啊！」

「小薰，妳應該去照照鏡子，看妳笑得多甜！」羅詠捷開心的上前，二話不說勾住她的手，「眼角眉梢都是幸福耶！」

「喔，大概跟蔣逸文差不多吧？」連薰予向後一瞥，話題立即轉向，「我看他也是這副模樣！」

蔣逸文登時一愣，一口氣上不來的不知道該怎麼回應，尷尬害羞的瞄向前方的羅詠捷。

「咦？」羅詠捷略微遲頓，慢了幾秒鐘，輕推連薰予一把，「說什麼啦！我跟我、跟他、那個不是……」

「不是？」連薰予挑高了眉，不懷好意的笑了起來。

「唉唷！小薰！妳跟著蘇皓靖也一起學壞了啦！」羅詠捷滿臉通紅，收回勾著她的手，全身僵硬的跟著進入剛好抵達的電梯裡。

他們都在天馬廣告公司工作，羅詠捷是美編，蔣逸文則是企劃；像她過去努力隱藏自己、遠離人群，還是會遇到像羅詠捷這種完全不懂得看別人臉色的類型。不管她怎麼閃躲，她都可以不在乎的纏上來，就這樣逐漸變成了朋友。

這兩個人很奇怪，明明兩情相悅，卻一直沒走在一起，連薰予知道問題卡在羅詠捷身上，但不知道她到底在堅持什麼，蔣逸文喜歡她超明顯的，全世界都知道吧。

原本想調侃連薰予的羅詠捷被反將一軍，她反而不知道該說什麼，尷尬的熬到了公司樓層，還加快腳步的直接入辦公室。電梯門一開就能見到他們公司的總機櫃檯，也就是她的位子。

櫃檯左手邊的管制門後才是辦公室，右手邊是某間風雨飄搖的雜誌社，蘇皓靖之前便在這間公司任職業務，這也是他與連薰予緣分的開始。

「還是友達以上，戀人未滿嗎？」連薰予喊住了準備開門的蔣逸文。

蔣逸文一回頭，無奈之情溢於言表，「我覺得我們友達以上上上上，但的確還是戀人未滿。」

「你有沒有好好表白啊？」連薰予走進櫃檯裡放下包包，暗示羅詠捷或許想要一個很浪漫的告白？

蔣逸文略微尷尬，「小薰，蘇先生是怎麼告白的？」

「呃……」連薰予愣住了，告白？

她腦海裡浮現的第一句話是蘇皓靖曾說過的：我不想跟妳有過多交集，妳可以離我遠一點嗎？哎呀，不管怎麼刻意遠離的兩個人，總是因緣際會又碰在一起，然後因為接觸越深力量越大，每次蘇皓靖總是大方的吻她，吻……

「我不知道。」她說著違心之論，耳根子都漲紅了。

「我說過幾百次了好嗎？但她就不知道為什麼不肯答應，一直說維持現狀就好。」蔣逸文有些灰心，「我甚至都不知道她到底是喜歡還是不喜歡我了。」

嗯……連薰予越過蔣逸文，發現羅詠捷正在裡面偷瞄著外頭，透明玻璃門是瞧得一清二楚，看起來還是很在意的嘛！

「我說呢，你要不要試著去追求別人看看？」連薰予出了餿主意，「不要太把她放在心上，公司也是有不少人心儀你的！」

「咦？」蔣逸文一副受寵若驚的模樣，「小薰？」

「人啊，太習慣就會不在乎，得不到的才珍貴。」這就是人性，「也說不定你跟羅詠捷就是無緣，試著看看別朵花？」

蔣逸文對她的建議相當震驚，但是似乎……也有道理啊！總是他一直護著、黏著羅詠捷，她會不會因為習慣了，覺得他跑不掉所以這麼的不在意呢。

若有所思的轉身進入辦公室，羅詠捷還緊張的在前一刻溜走，繼續佯裝不在意。

連薰予輕笑，她現在人在幸福中所以心情很好……雖然內心有一角在提醒著自個的背景：她仰賴著的姊姊其實是守望者，她的人生就像是被規劃好的轉世小姐……停！

「煩死了，蘇皓靖！」都是他，說什麼轉世小姐，聽得她就彆扭。

轉世這種事她不想去在意，畢竟她就是她，複製人都能擁有獨一無二的靈魂了，更別說是轉世後的她；她在意的是……她的人生。

姊姊是守望者的話，那撫養她的爸媽自然一樣，換句話說，她是在被監視下長大的、親生父母的車禍她為什麼記憶模糊，當年究竟發生了什麼事，而且雙方都沒有親人也太詭異！

握著杯子的手突然緊了些，連薰予克制不住的微顫，她不希望這樣去想她的家人，就算是養父母，但依然是撫養她長大……儘管所作所為都具有目的，可是大家還是疼愛她、也尊重她的意願。

在那個地下洞穴，那些婆婆與姊姊爭執的畫面歷歷在目，她們指責姊姊的「不盡責」，「讓巫女隨意成長」。

這些都只是說服自己的理由，她的心在拉扯，她愛她的家人，卻又懷疑一切。

連薰予坐了下來，身為總機的她，每天要處理的都是瑣事，等等第一件事得訂便當、訂文具，負責打雜，她希望這些事情可以蓋過不停在她腦海中冒出的念頭。

她的家人，對她的情感究竟是職責？還是？

電話聲及時響起，打斷了她的沉思，經理迅速交代工作，也開啟了她忙碌的一天，制止這些在腦海裡亂竄的想法。

一路忙到十一點，總算把公司上下的午餐搞定後，她才稍微鬆一口氣。

滑著手機，她得先把正事辦好！在「彭重紹」的聯絡人名單上按下通話。

「喂，您好，我是連薰予。」她客氣的說著，「您應該還記得……」

『記得記得！我當然記得！』彭重紹的聲音很急，讓連薰予頓感不妙，『我還想著該怎麼開口，妳……妳果然好厲害喔！』

連薰予心頭一緊，「出什麼事了嗎？」

自講電話到現在，她沒有任何感應。

『我姊……我姊不太對勁！她傳了一大堆文字給我，她覺得家裡怪怪的！』彭重紹焦心不已，『我等等轉給妳，說什麼東西移位，家裡還有別人在的樣子！』

別！連薰予皺起眉，「那個家他們住多久了？」

『一直都住在那裡啊！那是我姊夫家，我姊三年前結婚後就住進去，相安無事。』那頭的彭重紹遲疑幾秒，『我是想說，能不能請你們陪我去看看我姊。』

「……」握著手機，連薰予也不過遲疑幾秒，「好，你把地址發給我，我今天下班過去看看。」

大概是她答應得太快，彭重紹一時還不知道如何反應，電話雙方沉默了好幾秒。

『真的嗎？真的？太好了，太感謝你們了！』電話那頭總算傳來欣喜的聲音，『我真的不知道該怎麼謝謝你們，幫了我這麼多，我——』

「地址跟你姊傳給你的文字都發過來吧。」連薰予打斷了他的興奮，重點是發生了什麼事。

切斷電話後訊息即刻飛至，涂靜媛果然傳了一大篇給弟弟，從昨天廁所的門無風甩上，到女兒說家裡有奔跑的男孩，因此害她半夜醒來覺得有人在屋內；明顯看到人影，以及莫名其妙在浴缸裡的剪刀，還有被子裡的嬰兒衣服，這都不是她做的，但是她不懂還會有誰做這種事？

老公？小孩？這只是令她越想越毛，難道屋子裡真的有什麼？她嚇得上午送老公女兒出門後就不敢回家，帶著東西在外頭晃，又怕影響到彭重紹上班，所以用傳訊的方式。

連薰予閱讀那些文字，這的確不尋常，但她的直覺無法告訴她更多……或許是因為間接接觸，所以去一趟是對的。

訊息跳出，有組浮動視窗在上，連薰予看著傳訊來的陸虹竹，有點百感交集。

知道她莫名其妙的身分後，她就沒什麼跟姊聯繫，雖然姊表現得還是如同平常，但她們彼此都知道，一切都回不到過去了。

『在外面睡得好嗎？要是不習慣隨時可以回家。』

點開訊息，就是那令人溫暖的話語，她其實很想回去，因為睡在蘇皓靖那邊根本輾轉難眠。

但是第六感比她強大的蘇皓靖都能睡成那樣，她怎麼就辦不到？她真的一生都只能在堡壘裡度過嗎？

「我很好，妳放心。」連薰予一一打著字，「我必須學習一個人生活。」

陸虹竹很快已讀，但是沒有回應。

或許姊在思考該怎麼回應吧？在事情沒說破前，姊會說她們是一家人，沒有在分誰的家；但是現在，那個家一開始就是設計用來保護她的，她甚至不知道該怎麼解釋那是「家」？或是一個「基地」？

「唉。」嘆著氣，她覺得自己又陷入了困擾裡。

有這個閒工夫，不如趕緊上網查，涂靜媛可能發生的狀況是為什麼好了！她拿著彭重紹發來的地址查詢，在電腦上查看該目的地地圖與街景，實在感受不到任何不妥，相反的……纖指觸上螢幕時，彷彿可以聽見這地址曾有著愉快的歡笑聲。

在烤肉店的匆匆一瞥，也沒感受出彭重紹表姊身上的異樣，這些天遇上了什麼，才衍生出狀況嗎？

別的不說，懷孕的禁忌也不少，光是能吃什麼、不能吃什麼的各種版本就很可怕了，古今中外的書都疊在一起的話，可能孕期十個月都讀不完。

涂靜媛家離公司也不算遠，下班後她就去看一下吧，孩子的哭聲與血手印，實在令人放心不下啊！

第四章

從來沒想過，回自己家會這麼戰戰兢兢，涂靜媛站在玄關處，不安的朝客廳裡瞧，平時覺得安靜真好的家，此時卻添了分詭異，不知道是自己敏感，還是……

她不想讓老公擔心，也不希望影響到孩子，所以時間到了還是得去接趙亞帆，硬著頭皮回家，然後得煮一頓香噴噴的晚飯，那是全家一整天能一起歡聚的時光。

趙亞帆一進門就是洗手吃點心，趙逸豐還要再一小時才會回來，涂靜媛走進房間裡，放眼看過去都覺得這房間似乎比平時暗了許多。

她下意識檢查了未竟的孩子衣服與剪刀，它們都在原本的地方，縫衣機也靜靜的在原地……沒有任何物品移位的跡象。

很好，她告訴自己不要胡思亂想，昨晚的一切說不定真是她大意，孕婦的記憶體變得很小，大家都這麼說。

可是，她怎麼會不記得自己把寶寶的衣服放在被窩裡呢？涂靜媛嘴裡唸著阿彌陀佛，將屋子的燈全部打開，這才走到廚房去準備晚餐；今晚準備炸雞塊跟薯條，這是一個月一次的速食日，由她自己炸，健康又衛生。

「哇！薯條！」趙亞帆來丟果凍盒時，果然眼尖的看見了切好的薯條，「晚上是薯條日嗎，媽媽？」

「是啊，所以妳先去寫功課，希望媽媽煮好後，妳也寫好嘍！」不必想都知道孩子的答案。

「好！」當完成工作有個期待與獎勵時，孩子都會特別的有動力。

涂靜媛熟練的將雞肉切成雞柳條，醃製後放著，再來備其他料，孩子愛吃速食，逸豐也愛，但還是要多吃幾份青菜，營養才均衡。

砰砰砰……孩子在屋子裡快樂的奔跑，涂靜媛正忙著爐子上的東西，回頭瞥了一眼客廳與餐廳都沒人，帆帆大概跑回房間裡去了。

不是叫她寫作業嗎？怎麼玩起來了？不過她也不會逼孩子太緊，童年時光不需要為課業所苦。

「帆帆，等等再玩，記得還是先寫作業喔！」涂靜媛隨口說著，小學功課能多重？她也不會真的去押著她寫。

但趙亞帆似乎不聽話，不知道在興奮什麼的奔跑，從客廳跑到餐廳，還直接跑進她房間，再噠噠噠的衝出來，跑到客廳。

「趙亞帆！」涂靜媛抽空往右後瞥了眼，「妳不要跑進我房間，撞到東西就麻煩了。」

乒乓聲不停，看起來孩子玩瘋了，完全沒在聽涂靜媛的話，她餘音未落就又衝進她房間裡，涂靜媛不太高興的放下手邊的工作，洗個手轉身就往房間走去。

「我說了，不要——」站在自己房間門口的涂靜媛微怔，「帆帆？」

她剛不是跑進來了嗎？什麼時候又跑出去了？涂靜媛站在自己房門口轉頭，看著眼前的餐廳跟客廳，妙的是她沒瞧見孩子身影，是剛剛她洗手時水聲遮去了她奔跑出的足音吧？

「帆帆，媽媽……」涂靜媛準備要去房間訓話時，爐子上的湯滾了，水跟著溢了出來，她趕緊碎步跑向廚房。

月份大了肚子超重，根本跑都跑不快！

焦急慌忙的關上火，湯汁已弄得瓦斯爐上一片狼藉，她只得趕緊擦拭，這邊才剛分神，孩子卻又赤腳的在她身後來回奔跑，砰砰砰的最終停在她身後。

這一片忙亂已經讓她心浮氣躁，她挺著肚子揉洗抹布都困難，現在覺得一向乖巧的女兒，怎麼今天像是在找麻煩似的頑皮！

「趙亞帆！不許跑！」她邊揉著抹布邊忿忿轉身，「作業寫了嗎……」

回過頭的她，卻發現身後沒有人。

滴……滴答滴答，水龍頭的水未關緊，抹布上的水也跟著滴落流理台，涂靜媛蹙起眉趕緊伸手關緊，腳步聲這麼明顯，剛剛孩子的確是跑到她身後停下的！

顧不得爐子，她扔下抹布，焦急的朝著廚房斜對面的小房間走去。

「帆帆？」一探頭進去，書桌後的女孩抬起頭。

桌上鋪滿作業，趙亞帆正用力握著筆，認真的寫字。

「媽咪？」趙亞帆睜著大眼，「妳剛一直在叫我嗎？」

涂靜媛看著她，非常狐疑，這孩子臉不紅氣不喘的，看起來不像是疾速跑進來的模樣啊。

「妳一直都在這邊寫字嗎？」涂靜媛一邊問，一邊檢查她的作業。

的確寫了好一部分，並不像一直在外頭玩耍會有的進度。

「嗯！」趙亞帆點了點頭，眼神卻不安的朝外頭瞟了出去，「我有叫他不要跑！」

咦？涂靜媛顫了一下身子，手下意識扣緊了門框，「什……叫誰？」

「他故意一直跑來跑去……」女孩的聲音很弱，眼神卻明顯的朝外看去，「很不乖耶！壞！」

砰砰砰，奔跑的足音再度響起了！

涂靜媛全身僵硬，這會她是站在亞帆的房門口，亞帆的房間正對著廚房，所以那足音仍舊在客廳與餐桌間來回狂奔、她的背後！

涂靜媛瞪大眼看著女兒，如果女兒在她眼前，那這個奔跑的足音又是誰！

足音驟停，又停在了她身後，涂靜媛忍不住全身發抖，她甚至可以感受到一股壓力，自她身後襲來——下一秒，那孩子赤腳的奔跑聲，朝著她身後直接衝了過來！

「站住——」涂靜媛下意識的大喝一聲！

叮——刺耳的對講機電鈴陡然響起，嚇得涂靜媛母女同時驚聲尖叫。

趙亞帆回神得快，滑下椅子，「爸爸回來了嗎？」

涂靜媛喉頭緊窒，戰戰兢兢的悄悄往後望去，房子一如往常的平靜，沒有什麼其他孩子；她攔下女兒，要她待在房間裡不許出來，這時間趙逸豐還沒下班，就算是逸豐，那他也該有鑰匙，不會按電鈴。

她全身都因冷汗濕透，捧著肚子吃力的走到對講機邊，伸手拿起對講機時，才發現自己抖得多厲害。

「喂……」這一個字從喉嚨擠出來時，也是有氣無力。

『您好，我是彭重紹的朋友，敝姓蘇。』對講機那頭是聲音非常好聽的男人，『請問他在嗎？』

蘇？涂靜媛瞬間鬆懈，登時哭了起來，是那個蘇先生！

※　※　※

整個人朝左傾斜的連薰予看著突然從她身後出現，並按下電鈴的男人，露出了淺淺的笑容，此刻她左肩正被輕摟著，挑著眉瞅向連側臉都好看的傢伙。

「不是說不來嗎？」她還故意調侃。

「我是真的不想來。」蘇皓靖睨著她，「但妳說巧不巧，我就偏偏被派了這附近的業務，不出幾條街我就知道妳在這了。」

又是巧合？當初他們認識後，因為只要接近彼此的第六感便會放大，蘇皓靖曾極度厭惡這種情況，甚至為了不想再看見她從雜誌社離職，但他們卻總是能遇到。

羅詠捷的鄰居入厝，她跟著去湊熱鬧，那鄰居的好友偏是蘇皓靖。

一種無論他們兩個怎麼閃怎麼逃，都一定會湊在一起的狀況，冥冥之中的緣分，也正是如此……蘇皓靖才決定面對一切，既然躲閃不了，不如就在一起吧。

「我說過要來的，不必直覺你也該知道我在這。」她正了身子，趨前朝著對講機說話，「重紹表姊，我是連薰予，那天也在烤肉店見過。」

『我知道，我知道……』這聲音聽起來帶著哽咽與緊張，『阿紹還沒來，你們先上樓吧！』

跟著嗶的一聲，大門應聲而開。

「聲音聽起來不太好吶……」蘇皓靖看著對講機，他就是感受到了不妙，才會突然按下電鈴的。

「恐懼、慌張，還有奔跑聲……」連薰予眼眸低垂，「她已經被恐懼籠罩了。」

她的反應的確不如蘇皓靖快，儘管在樓下時就已經感受到樓上有狀況，也知道涂靜媛正在恐懼，但卻無法立即做出反應，反而是才抵達的蘇皓靖二話不說按下門鈴，瞬間把那份令人不安的氛圍擊潰。

「走吧，先上樓？」蘇皓靖拿起手機，觀看不停傳進來的訊息，「啊，彭重紹說快到了，再等他一下。」

回過頭，朝著路口望去，果然看見一個人行色匆匆的走來……等等！蘇皓靖表情立即僵住，回身時翻了個大白眼。

喔喔，連薰予還沒探頭就知道是誰來了！

「阿瑋？」她開心的踏出兩步，朝路口猛招手，「這裡這裡！」

「咦？小薰！」阿瑋拎著一盒水果，愉快的跑過來，「好久不見！」

「最好不見。」蘇皓靖毫不客氣，順道打量他全身上下，「你越來越嚴重了啊，先生，還沒跟室友分居嗎？」

「呃……」阿瑋尷尬的笑了笑，臉上充滿為難，「我覺得我貿然搬走的話，我室友也會不太爽。」

連薰予聞言蹙眉，「所以當初才叫你快搬，屋子裡有亡靈，就算它沒攻擊力但還是屬陰之物，在一起太久不好！」

連她都可以感受到阿瑋身上的陽氣變得很淡，而且整個磁場變得很弱！他之前去醫院探病時，不小心被一位亡者跟回家，結果就展開了「同居」生活，雖然那位亡靈並未攻擊阿瑋，甚至還會提點他，但陰陽就是該相隔啊。

「你最近應該越來越不順吧？」蘇皓靖略微感受了一下，「今天不必上班？餐廳倒了還是你被開除了？」

「喂，我是休假……好啦，我那間日料老闆跑路了，但我很快就找到工作了好嗎？」阿瑋難掩無奈，「彭重紹跟我說了靜媛姐的事，我當然要過來看看。」

「你認識他表姊啊？」連薰予輕笑出聲，扣掉運勢不好這點來說，阿瑋是個極好相處，待朋友極熱情的人！

「認識！之前就見過了！」阿瑋連連點頭，「掃墓事件後我們變得很熟。」

「別扯其他，你再跟亡靈住在一起只會更不順。」蘇皓靖刻意撢撢身上灰塵，「不要帶衰我！」

蘇皓靖！連薰予捏了他，每次都對阿瑋很壞！

「我做什麼事一直都很不順啊……」阿瑋搔搔頭，不然蘇皓靖怎麼會稱呼他為「移動的神主牌」呢？

「哇！大家都到了？」響亮的聲音響起，彭重紹愉快的從路口奔了過來，「真是太謝謝你們了……咦？阿瑋，你也來了喔！」

「什麼叫也，你這態度很差耶！」阿瑋沒好氣的使勁提著水果，「趕快上去啦，這水果超重！」

「還帶禮物來，你自己日子都難過了幹嘛買這麼貴的東西啦。」阿瑋主動接過那盒水果，有沒有在練身體就是有差。

彭重紹最近很明顯有在鍛鍊，練出一身肌肉，而阿瑋因為長期與亡者住在一起，面容顯得憔悴，加上人始終不太順遂，看起來就是瘦乾乾，風一吹就倒的模樣。

進公寓前，殿後的蘇皓靖回首瞥向某輛車，嘴角揚了抹笑。

爾後由彭重紹領著上樓，一行人到了涂靜媛家，開門的她臉上還掛著淚，一瞧就知道不對勁。

「姊！妳怎麼了？」彭重紹才進門，涂靜媛整個人就往他身上倒。

「我家真的有東西！」她激動的說著，「帆帆也說有個男孩在這裡！」

「妳先別急，蘇先生他們來了！」彭重紹憂心的攙著姊姊回到客廳裡坐下，瞧姊姊臉色如此難看，只是更令人擔心，「先坐，妳先坐。」

涂靜媛挺著大肚子緩緩坐下，臉色蒼白，冷汗直冒，這對孕婦的確不好。

「靜媛姐……」阿瑋默默的把水果放在茶几上，「這是一點心意！」

「啊……阿瑋！真不好意思，以後不必帶東西來啦！」涂靜媛客氣的說著，視線卻落在進入客廳的一雙男女。

他們願意來真的令她感動不已，因為這種光怪陸離的現狀，她根本不知道該怎麼辦才好！

「舅舅！」趙亞帆從房間衝出來，二話不說就撲上彭重紹！

彭重紹輕而易舉的抱住小女孩，寵溺的捏捏她的臉頰，「亞帆想舅舅了厚！」

「超想！」亞帆開心的笑著，也留意到了陌生人，阿瑋之前她就見過幾次，但不太熟。女孩好奇的看著蘇皓靖與連薰予時，露出俏皮的笑容。

「打招呼啊，帆帆！」涂靜媛沒忘記基本禮貌。

「叔叔阿姨好！」亞帆趕緊跳下來，禮貌的向蘇皓靖他們頷首，「阿瑋叔叔！」

「欸！」阿瑋環顧四周，鼻子嗅了嗅，「哎呀，爐子還在煮東西是嗎？我去看看！」

啊！是啊，涂靜媛這才想起爐子上的湯，慌張的想起身，但幸好阿瑋先繞過去了。

連薰予一進門便眉頭深鎖，剛進玄關時還看到一抹孩子的影子衝進正對門口的某間房間裡。

「妳叫亞帆是吧？」蘇皓靖率先朝小朋友下手，「媽媽說，妳看見家裡有別的小朋友？」

趙亞帆像被嚇到似的，閃爍的眼神，不安的回頭看向母親；涂靜媛給予肯定的態度，「妳剛剛說，叫誰不要跑？」

「一個男生，他很頑皮。」趙亞帆囁嚅的說。

「嗯，男孩嗎？年紀不大。」連薰予直接朝裡頭走去，「彭重紹跟我說了昨晚的狀況，事情是昨天開始的嗎？」

趙亞帆害羞的躲到彭重紹身後，可是還是好奇的打量著連薰予他們。

「是！昨天晚上開始……這間屋子過去應該沒發生過事情，但我不懂為什麼會這樣。」涂靜媛哽咽不已，「請你們幫我看看，到底發生了什麼事？」

她邊說，卻不安的抬頭看著牆上時鐘。

這舉動沒逃過蘇皓靖的眼睛，她很注意時間嗎？是否擔心老公不能諒解這件事呢？

「請問那是誰的房間？」連薰予一伸手，指向正對玄關的房，十一點鐘方向的房門。

涂靜媛一回身，當下倒抽一口氣，「我的……帆帆，妳進去寫功課。」

「咦？」女孩明顯露出失望的表情，家裡這麼熱鬧，舅舅都來了，她卻得進房間去。

「進去。」涂靜媛用命令的口吻，女孩不悅的想反抗。

「好好，亞帆，舅舅陪妳進去。」彭重紹當然知道孩子會抗拒，他陪著進去不就好了。

彭重紹帶著亞帆進入房間，還巧妙的半掩房門，涂靜媛這才起身，領著連薰予他們前往她房間；客廳的沙發後就是圓形餐桌，中間沒有任何隔間，而餐廳邊便是廚房，中間只有一個層架相隔，阿瑋剛把瓦斯關掉，便一起進入涂靜媛的房間。

幾乎是一踏進去，連薰予就感受到疾速奔跑的陰影，縫衣機喀啦喀啦的聲響，剪刀的摩擦聲，桌子移動的聲音，全部交雜在一起。

「嘖！這是什麼啊……」蘇皓靖緊皺起眉，環顧著令人不舒服的房間，「妳在這裡做了什麼事？做衣服？」

他走到縫紉機邊，對，彭重紹說過，昨晚插了針的衣服擱在被窩裡，涂靜媛還踢到了。

「裁布，動剪刀……」連薰予看著床邊的空間，「縫衣機本來放在這裡？」

「咦？」涂靜媛很吃驚，他們居然知道原本的擺設，「平常都收著，這次我想幫孩子做衣服，就挪到這裡了。」

阿瑋瞠目結舌，「等等……讓我搞清楚喔，妳是說妳動了剪刀、縫了衣服，還挪動房間裡的東西？」

涂靜媛一臉莫名其妙，「是啊？怎麼……不會啊，你們要跟我說是因為我做這些事，所謂的禁忌？」

「只怕就是……」連薰予覺得好像有釘東西的聲音，身子一顫，看向了牆上的無框畫，裡頭是他們一家三口，「這是新釘的嗎？」

「嗯，我老公送給我的結婚三周年禮物，我覺得黏得不牢，就用釘的了。」涂靜媛看著全家福，露出淡淡的笑容。

「所以妳還釘釘子！」阿瑋用誇張的語氣驚喊出聲，「懷孕中是不能做這些事的！」

「該犯的禁忌都犯了，妳想要多平安？」蘇皓靖嚴肅的環顧四周，「但我覺得主因不在這，在犯忌之前還牽扯到別的東西，有引子在前，犯忌在後！」

涂靜媛相當詫異，更多的是不可思議，彭重紹聽見對話，亦神色凝重的走來，關於觸犯禁忌這件事，他可是具有經驗值的。

「這太誇張了，現在都什麼年代了？你還在跟我扯這種禁忌？拿剪刀、縫衣服、釘東西、搬桌子，這些大家都在做的事！」涂靜媛開始懷疑起弟弟口中的高人了，「那都是迷信你懂嗎？」

「問題是妳不知道妳觸發了什麼。」連薰予語氣溫柔但堅定，「所謂的聽說、傳說、禁忌，或許五個、十個、一百個裡只要有一個真的，妳犯忌就死了。」

「靜媛姐，妳知道我因為同事在鬼月幫我慶生，結果發生了多慘的事嗎？」阿瑋一臉稀鬆平常，「大家也都過生日啊，我一慶生就遇到不好的東西！」

蘇皓靖很想說你例外，他覺得阿瑋不管做什麼都會出事。

「姊，你忘記我們家掃墓的事了嗎？」彭重紹站在門口，嚴肅的望著姊姊，「吐出黑色的水，我小伯父一家全死了啊！」

她當然記得！雖說是彭重紹他父親那邊的事，但提起來都令人害怕！可情感上她很難接受這種匪夷所思的事情——這個年代，到底誰還在遵循那種莫名其妙的傳統？

「我動都動了，那怎麼辦？」涂靜媛消極的問，「觸犯到胎神？所以我要拜拜嗎？」

「沒有用，這裡連住都不能住。」蘇皓靖原地疾速轉個圈，覺得此處連牆都在滴出血，「我甚至懷疑胎神還在嗎？」

連薰予也時不時瞧見牆上冒出的大片血跡，那簡直像是人身體炸開的高速噴濺。

「什麼？」涂靜媛簡直不敢相信，「不能住這兒？那我能去哪裡？」

「妳今晚先不要睡這裡，」連薰予還是只能想到祈和宮，「我先請人來看看。」

咦？蘇皓靖即刻看向她，瞭然於胸，「說的也是，如果那些人那麼有本事的話……」

「誰？誰？」阿瑋好奇的問著。

「彭重紹，我有認識的宮廟能處理這件事，但為了避免你們覺得我們居中設計，你們也可以自行去找……」連薰予話沒說完，彭重紹連忙搖頭。

「拜託，你們救過我們，這有啥好懷疑的？」彭重紹拿出手機，「都聽妳的。」

連薰予釋然的微笑，「我晚點給你電話，你們再自行聯繫——不過，姊姊是斷不能再睡在這一間了。」

涂靜媛摸著肚子，腦子一片混亂，不睡在主臥，她要怎麼跟逸豐交代？說她請人來看，他們說她犯了孕中禁忌，冒犯了胎神？所以那些異狀是……胎神搞出來的？

但他們又說胎神不在了，還有那個男孩子是——

「房子裡還有別的小孩嗎？」涂靜媛突然怯生生的問。

這個不必連薰予或蘇皓靖，阿瑋眼尾瞄著外頭，他都可以回答了好嗎？一抹小小的黑影，速度極快，跑來跑去的，還在外頭偷窺他們。

「這不是凶宅吧？」阿瑋試探的問。

「才不是！姊夫住這裡十年了！」彭重紹嘆口氣，「看來真的有什麼東西在！」

「天哪……」涂靜媛崩潰的腳軟，連薰予趕緊上前扶住她要往床邊坐——只是接觸的瞬間，她眼前一片血紅。

薄如蟬翼的肚子裡有隻小手頂著肚皮，尖叫聲此起彼落，一把刀猛地割開肚子，竄出了鮮血淋漓的小手。

「連薰予！」蘇皓靖一邊扣著她的上臂，同時安穩的扶著涂靜媛坐下。

她臉色慘白的與蘇皓靖對望，他一定也看見聽見了。

蘇皓靖平靜的用眼神暗示她不要聲張，一切等請陸姐她們過來處理後再說吧。

「時候不早了，我看我們該走了。」蘇皓靖朝涂靜媛頷首，「這件事不能讓妳丈夫知道對吧？」

涂靜媛詫異的倒抽一口氣，「為什麼……為什麼你知道？」

蘇皓靖揚起自信的笑容，這種小事他怎麼會不知道？彭重紹聞言卻不太高興，現在都什麼情況了？

「姊夫不信這個嗎？還是他會罵妳？」彭重紹立刻想為表姊出頭，「妳別怕，我就待到姊夫回來，我跟他說！」

「別……不是，就算我也一時難以接受，這一切就因為我做衣服，搬動了東西？」

涂靜媛揪著胸口，「這是科學昌明的時代，這跟之前你們在別人墳上小便是兩回事，這裡是我家啊！」

阿瑋跟著勸說道：「靜媛姐，就像小薰說的，禁忌有真有假，但只要有一個是真的，剛好妳又不幸遇到關鍵禁忌，就死定了啊！」

「阿瑋，別說什麼死啊死的！」連薰予忍不住提醒，這也是忌諱之一，而且也沒必要讓涂靜媛更加恐懼。

「不過跟丈夫好好說是必要的，否則妳很難解決晚上不能睡這裡的事。」蘇皓靖拍著連薰予的背，暗示他們該閃人了。

觸及連薰予背部的瞬間，整張床倏地朝門口斜移過來，瞬間擋住了他們的去路！

這當然只是一閃而過的畫面，但卻足以讓他們雙雙止步。

「別鬧了……」連薰予緊握著拳，看著完好如初的床，「又是什麼？」

「我不太想知道，快走好了！」蘇皓靖才在催促，但他們才跨出第一步，卻看見床底下湧出了汩汩鮮血。

「不行！」連薰予深吸了一口氣，「明知有古怪，不能忽略啦！」

她瞪著那張雙人大床，緊張得神經緊繃，這視線嚇得涂靜媛就算不舒服也挺著肚子起身，戰戰兢兢的看著這對男女。

「我的床怎麼了嗎？」這聲音抖得嚴重，這麼一搞，別說睡在這裡了，現在連躺上這張床她都害怕。

「好像有什麼……」連薰予拿出手機，打開手電筒，就準備蹲下去照。

蘇皓靖動作更快的攔住了她，甚至把連薰予再往後拉了幾公分。

「我來吧，妳站在我後面，萬一有狀況得妳救援。」蘇皓靖嘴上這麼說，卻拿出了連手機殼上都寫有符文的手機。

阿瑋已經要躲到人家浴室去了，彭重紹護著涂靜媛，連薰予則謹慎的取下身上的法器預備，她盯著蘇皓靖蹲下身，往床底看去——底下除了幾口箱子外，就只有一輛玩具車。

手電筒的光照在那藍色的玩具車時，連站著的連薰予都可以看見車子在轉動方向的影子。

「有輛玩具車，是……」她看向涂靜媛。

「玩具車？是亞帆的！」涂靜媛微鬆了口氣，「她前兩天才嚷嚷著找不到。」

「那個……」阿瑋舉起手，「車是買的嗎？不會是撿的吧？」

「當然不是！」涂靜媛有點厭惡這個問題，哪有人會隨便撿別人的玩具啊。

看著那輛看起來無害的玩具車，蘇皓靖直覺卻感到不妙，他不該去拿，不該去碰，但是……又覺得整間房間的異狀，似乎跟這輛突兀的車有關……

做好心理準備，他不情願卻還是伏低身子，略鑽進床底下，長手一伸，總算觸及到那輛玩具車──一股力道驀地搶過玩具車，蘇皓靖整個人竟因此往前踉蹌！

他真的是朝前踉蹌，又仆倒在地……等等，他趴在床底下，怎麼可能會有仆地的動作？

抬起頭，眼前是一片破碎的景象，有人有地點，但卻如同鏡子破片般飄浮在空中，非常勉強才能組成一個完整的景象，這一切就像一面螢幕，破成千百片飄浮著。

玩具車在某個人手上，但破片上只有一隻手與車子，看起來是男人的手，接著是一個孕婦的肚子，肚子的地方也只是一塊破片，其餘部分散亂不堪。

笑聲與說話聲同時傳來，蘇皓靖還沒來得及反應，左臂倏地感受到一陣刺痛！

「唔！」他看向上臂，血自襯衫下冒出，他甚至不知道劃傷他的是什麼？

『每個人的出生都有使命。』極富磁性的嗓音傳來，但卻是蘇皓靖從未聽過的聲音。

「誰？」他喊著，眼前所有的碎片都錯置了，他完全無法辨認景象。

『但有人的使命，就是根本不該出生。』

看不見的影子疾速從他左方掠過，同時又是一刀自他胸口割下，鮮血大量的漫出。

唔……他痛得趴下，連現在是什麼情況都搞不清楚了！

「蘇皓靖！」連薰予的聲音驀地從右後方傳來，他嚇得立即直起身子就朝後看。

他們至少有十公尺以上的距離，連薰予困惑的打量這個世界，耳邊傳來的是車聲、說話聲，還有奔跑聲，甚至有喇叭聲，他們像是在道路旁，但卻什麼都看不清。

這世界每個影像都會碎成千百片，錯綜複雜的難以辨識。

連薰予注意到蘇皓靖趴在地上卻不動時，瞬間就知道出事了，她甚至覺得他受了傷，不顧一切的上前試圖拉出他，卻在觸及他的那一刻也進入這個莫名其妙的世界。

她朝蘇皓靖奔去，但沒有兩步，刺耳低沉的喇叭聲傳來，那似乎是砂石車的聲音，嚇得連薰予及時止步，她與蘇皓靖之間的路頓時破碎並往下墜落，眼前漆黑得像是一道萬丈深淵。

『妳就不該轉世的。』男人的聲音突然在連薰予身後響起，『怎麼永遠學不乖呢？』

咦！連薰予才想要回身，但來人速度極快的自後方勾住了她的頸子，下一秒她的肚子就感到劇痛……

「呀——」忍不住疼得尖叫出聲，連薰予感受到肚子被切開的痛楚，低頭看見，有隻手握著尖銳的破片，由上而下的切開她的肚子！「啊啊——」

「連薰予！」蘇皓靖掙扎站起身，才踏出第一步竟立刻被絆倒，再度摔得踉蹌，胸口與左臂的傷太疼，滾地的他才發現，他竟又被那輛玩具車絆倒了。

趴在地上的他眼尾瞧見了一雙赤足逼近，警覺性的欲起身，但後頸一陣尖銳物的刺入感，幾乎斷絕了他所有的希望——

「喂！喂——小薰！蘇皓靖！」

跪在床邊的阿瑋推著動也不動的連薰予，不是說好要拉蘇皓靖出來嗎？現在怎麼動也不動了？

看著宛如石化的他們，連彭重紹也覺得不妙的上前攙起連薰予，「連小姐，妳沒事吧，妳……」

好硬！身子不但僵硬還很沉，而連薰予眼皮連眨都沒眨。

靠著房門的涂靜媛一顆心都快跳出來了，現下這兩個人反而比房間的異象更令她覺得怪異，他們怎麼突然變得跟雕像一樣！

玄關突然傳來鑰匙開門聲，還有嘈雜的說話聲，涂靜媛緊張的走了出去，望向牆上的時鐘，赫然發現趙逸豐回家的時間到了。

「我說了，我不認識什麼姓連的！」趙逸豐前腳才進來，後面一個身影立刻不客氣的推開他，直接鑽了進來，「喂！」

「打擾了！」女人踩著高跟鞋，連換鞋都沒有，噠噠的走進人家客廳，掠過涂靜媛面前。

「……咦？喂！妳是誰！」涂靜媛來不及回神，「妳怎麼可以就這樣進入我家？」

餘音未落，更多的人居然一塊進入了他們家，清一色都是女人，老幼均有，但她們卻很禮貌的待在玄關，一名年輕女人拉住了要報警的趙逸豐；趙亞帆聽見動靜，害怕得開著門縫往外偷看，涂靜媛瞧見她的偷窺，趕緊叫她躲在房間裡別出聲。

「妳們太扯了！」趙逸豐氣急怒吼，朝著奪下他手機的女孩大吼，「涂靜媛，妳報警！」

涂靜媛一時慌亂，但同時房間裡傳來了驚喜的叫喚聲。

「陸姐！陸姐！」

阿瑋簡直要看到救世主了，他焦急的高喊，誰讓小薰跟蘇皓靖都不對勁。

「讓開！」穿著全白套裝的陸虹竹即刻拉開彭重紹，接過她手裡的連薰予，「把蘇皓靖拉出來！」

她箝著連薰予的下巴，她動也不動，真的像具沒靈魂的娃娃。

阿瑋與彭重紹拖出了蘇皓靖，他整個人被拖出來時，手還握著那輛玩具車，涂靜媛匆匆來到門口，意識到這個女人與阿瑋或重紹是認識的，趕緊再轉身跟趙逸豐解釋。

「為什麼……重紹？」趙逸豐看到彭重紹時有幾分錯愕，「為什麼這麼多外人？」

「有點事情，他們來幫我看看……」涂靜媛咬著唇，卻不敢說明白。

「我是來幫我——」彭重紹才開口，陸虹竹卻冷不防的回頭一瞪。

「閉嘴！誰都不許吵！」她從套裝口袋拿出珍珠筆，直接朝連薰予眉心戳去，接著在連薰予的面前空中畫起了……

沒人看得懂的東西。

但動畫跟電影都看過，阿瑋一臉興奮，身為大學同學，誰不知道小薰的第六感很強，蘇皓靖更厲害，但是她那個很辣的律師姊姊也會嗎？這怎麼看都像是在畫什麼陣啊！

「破！」驀地她大喝一聲，連薰予瞬間倒吸了口氣。

「呃——」她瞠大雙眼，皺起眉臉部扭曲，痛苦的直接倒去。

陸虹竹穩穩的接住她，全身都散發著怒氣，阿瑋都不敢多問半句，因為陸姐現在的表情看起來像是要殺人了。

「開車，準備送醫！」她朝外面大喊，抬頭看了眼彭重紹，「你來，抱住她！」

氣勢逼人，彭重紹完全就是聽話照做，接過連薰予後，陸虹竹用一樣的方式對付蘇皓靖，只是很怪的是他沒有像連薰予一樣有反應，依然是僵硬如石雕般。

「蘇皓靖？蘇皓靖？」陸虹竹不解的晃著他，依然不動如山。

但是，掐握著玩具車的指尖略動了一下。

「那個——他的手剛動了一下！」阿瑋瞧見了，激動的喊著，「我剛看到了！」

陸虹竹立刻往右下看著他的手，但這時那隻手沒有太大動靜……她僅遲疑一秒，刷的把玩具車拉開！

「啊——」蘇皓靖瞬間出了聲，與連薰予不同，他發出咬牙般的低鳴，接著亦失去意識。

第五章

「抱歉，借過！」一名婦人溫柔但有力的握住涂靜媛雙臂，把她挪到旁邊不擋路的地方，另外幾名女人衝進了房間裡。

接著是行雲流水又具系統的動作，雖然都是女性，但她們卻輕易的打開白布當擔架，將連薰予與蘇皓靖分別抬起，一眨眼就離開房間、離開涂靜媛的家。

「陸姐！」阿瑋緊張的站起，「他們沒事吧？」

「被困住了。」起身的陸虹竹還能理理皺掉的褲子，「我猜是被第六感困住，感應到的太多，被拉進虛實之間的縫隙。」

彭重紹張大了嘴，很想開玩笑的說：「講中文好嗎？」但看著陸姐他不敢。

「我也要去。」阿瑋擔心同學的安危。

「醫院你還是少來吧。」陸虹竹誠心的建議，走出房門後禮貌的朝站在餐桌邊的涂靜媛與趙逸豐頷首。「這間房請保持原狀，建議關上房門，明天我會讓人過來看。」

趙逸豐一陣錯愕，「看什麼？」

陸虹竹看向玄關附近的兩位女孩，看上去只是少女，但英姿颯爽，交由她們來解釋，還交代她們把地板擦乾淨，因為她必須陪小薰去醫院，沒那個閒工夫！

「不必啦，我來就好。」彭重紹連忙阻止，「我也會跟姊夫好好說明。」

「謝了。」陸虹竹立即離開，阿瑋則緊張的追了出去。

一屋子人感受著旋風般的混亂，少女禮貌的將趙逸豐的手機擱在鞋櫃上後，退出玄關還帶上了門。

「這是怎麼回事！」趙逸豐完全錯愕，

「姊夫，姊犯了一堆禁忌啦！」彭重紹回身就慎重的說著，「晚上她不能睡在房間裡，可能還會再出事！」

趙逸豐滿臉問號，「犯什麼禁忌？」

「就……拿剪刀、釘東西，還搬桌子。」涂靜媛說得很小聲，「他們說衝撞到胎神，所以……」

「啊？」趙逸豐不可思議的看向彭重紹，再看向愛妻，「這是神棍吧？有沒有搞錯，你們都受過高等教育還會被騙？還讓這些人來我們家亂搞？妳太扯了！涂靜媛！」

明知道他可能不信，但現下趙逸豐的反應，卻讓涂靜媛突然湧起了無名火。

「什麼叫亂搞？我昨晚親身經歷過恐懼，是你根本不信我！到底誰會蠢到把插著針的衣服塞到被子裡去？」涂靜媛不爽的回嗆，「亞帆在房間裡寫功課，卻有個孩子在家裡跑來跑去，你說我不怕嗎？難道你也要說這是孕婦幻覺？」

趙逸豐放下公事包，氣不打一處來，問題是懷孕的人說得這麼振振有詞，他都不知道從何吐槽起了。

「有別的孩子在跑？妳看見了？」趙逸豐脫下外套就往沙發上一扔。

「我聽見了，腳步聲多大你知道嗎？就是砰砰砰的跑！」涂靜媛回頭看向在門口偷窺的亞帆，「妳問亞帆，她有看見那是個男孩！」

「亞帆！」趙逸豐驀地大吼，嚇得趙亞帆根本不敢出門，「妳過來！妳看到什麼小男孩了？」

趙亞帆瑟瑟顫抖的走出來，一雙眼不安的瞄著涂靜媛又看向彭重紹，爸爸這麼兇……她才不敢說！

「姊夫，你這麼兇她才不敢說實話！」彭重紹可看不下去了，把趙亞帆拉到自己身後，「姊夫，我跟你說過我們家族掃墓時犯過的禁忌，一點點微不足道的小事，造成多少傷亡，你知道的！」

趙逸豐「嗯」一聲，事實上他覺得那都是巧合，只是因為恰逢掃墓，他們才會把事情連在一起。

「他一直覺得是巧合，你們聯想力太豐富。」涂靜媛悶悶的說出隱瞞家人許久的話。

彭重紹真有點不相信，原來一直以來在家族間跟大家聊得這麼開心的姊夫根本不信？

「我在那裡，我差點被拉進墳裡！」彭重紹激動的向趙逸豐解釋，「你說我姊是懷孕精神不佳，難道我也出現幻覺嗎？」

「先不扯你們家掃墓的那些事，就現在這個，這個時代哪個人還在忌諱什麼拿剪刀、釘東西、搬物品的？這種禁忌已經是陳舊迂腐不該存在了！」趙逸豐把談話重點移回主題，「當然一切是為了孕婦著想，但只要小心都不是問題！」

「再小的禁忌，只要有一個、一個是真的，就什麼都來不及了。」彭重紹一字一字的說著，眼神銳利的警告著趙逸豐。

姊夫再用這種態度，只會害慘他姊而已！

「我……」趙逸豐明顯還想爭辯，涂靜媛也想大吵時——家裡燈光突然暗去！

「咦？」涂靜媛嚇了一跳，先是客廳餐廳的燈光暗去，再來是廚房與他們的房間，

「哇呀！」

沒有數秒家裡陷入一片黑暗，涂靜媛尖叫的抓住了身邊的丈夫！趙逸豐也趕緊護住妻子，氣急敗壞的吼起來

「趙亞帆！妳在幹嘛！」

「嗚……」嚶嚶哭聲從他們中間傳來，小手抓住了趙逸豐的衣服，「爸爸，我怕……」

趙逸豐當場傻住。

電燈總開關在門口玄關踏入處，如果亞帆在這裡，那麼……是誰關掉總開關的！

連彭重紹都背脊發涼的想到這一點，他不敢回頭，卻聽見扳動電燈開關的聲響清晰傳來。

啪，燈光再度，一盞一盞的亮了！

「哇——」

「靜媛！」

※　※　※

看著涂靜媛被推進急診室時，拿著飲料的阿瑋傻在門口，為什麼覺得自己好像看到了熟人？

沒兩秒朝門口看去，一個面熟的男人尾隨其後，然後是抱著趙亞帆的彭重紹神色匆匆的衝了進來。

「哨子麵？」阿瑋喊了出來，「哇咧，真的是你？」

彭重紹慌亂的尋找呼喚的聲音，一時還以為聽錯了，茫然中才看見衝來的阿瑋，「阿瑋！阿瑋……對！蘇先生他們怎麼了？」

「VVIP 病房，我根本進不去，連靠近都不行。」阿瑋又是驚嘆又是無奈。別說靠近病房，就連走廊都進不了，整條走廊都他們使用，然後有一排人就守在走廊口，不許任何人靠近！

他從來不知道陸姐這麼威……不是啊，就看個病至於嗎？

「啊你們怎麼跑來了？」他留意到跟車的男人也被擋在急診室之外了，「等等，那不是靜媛姐的丈夫？」

「我姊剛受到驚嚇，肚子很痛，好像宮縮了！」彭重紹吃力的把女孩再往上挪了一下，「亞帆，妳下來一下好不好，舅舅覺得很重。」

「不要！」女孩嚇得臉上都是淚痕，轉身就趴在彭重紹肩上，雙手緊緊摟著。

唉，彭重紹無奈的看向阿瑋，「沒辦法，剛剛的事太嚇人了，她也嚇到了！然後我姊就喊肚子疼！」

「剛剛……」阿瑋有些發傻，「我們也才剛抵達醫院不久，就……」

彭重紹點了點頭，告訴阿瑋當他們全在餐桌邊爭論時，有個「人」把家裡的燈全關再全開，門邊的總開關有四個，對方還是一個接一個，他們全都聽見那按下電燈開關的聲音。

「我姊夫還以為是亞帆關的，結果她就在我姊夫身邊，嚇得抱著我姊夫大哭……她一哭，我姊就……」大家都措手不及，當下涂靜媛尖叫聲未收，就痛得跪下去了。

接著就是一陣兵荒馬亂，趕緊叫救護車，緊急送姊過來。

阿瑋聽著只打了個寒顫，「那……是誰關的燈？」

走過來的趙逸豐剛好就聽見了這句，戛然止步的望著阿瑋，他因為愛妻的事暫時忘記剛剛的情況，這一提他又渾身發毛起來。

「別想了……燈有可能短路對吧？對！」他自言自語著，「亞帆，下來，妳不輕了。」

「我不要！」女孩嚇得不輕，把彭重紹的頸子抱得更緊。

「我來吧，你們應該要填資料什麼的吧？」阿瑋主動繞到彭重紹背後，「亞帆，阿瑋叔叔抱妳好不好？保證陪著妳。」

亞帆抬起頭，淚眼汪汪可憐兮兮的看著阿瑋，啜泣著點了點頭，伸手朝向阿瑋；趙逸豐見狀也無可奈何，感覺女兒似乎反而在排拒他，或許是剛剛他太兇了，或許是……

唉，他現在不想想太多，只希望靜媛平安。

「姊夫，你別急，我先陪你去辦手續。」彭重紹趕緊安慰，「姊不會有事的。」

「我好怕……我真的……」趙逸豐這時才感到恐慌，略抬著的雙手竟抖個不停。

「沒事，不會有事的。」彭重紹拍上他的背，「別咒我姊啊！」

「我不是。」趙逸豐焦急的想跟彭重紹解釋，而彭重紹只是不停拍著姊夫的背加以安撫。

看著他們遠去的背影，阿瑋抱了抱亞帆，「不要怕喔，阿瑋叔叔陪妳！」

「很可怕啊！他好兇……」亞帆喃喃的說，「他好生氣……」

阿瑋默默心跳漏了一拍，其實他沒有很想知道亞帆口裡的「他」是誰，但……他還是問了。

「所以他故意開關電燈嗎？」

「嗯！」趙亞帆轉了過來，可憐巴巴的臉望著他，「他說大家都故意不理他。」

阿瑋好像領悟到什麼，「所以故意要引起大家注意嗎？」

亞帆似懂非懂的看著阿瑋，「他就一直跑來跑去，說都沒人要看他、沒人知道他……」

所以？換句話說，靜媛家有個男孩的亡者，在裡頭叫著跳著跑著要刷存在感嗎？

※　※　※

連薰予默默的坐在床緣，有種氣力被掏空的感覺，她知道自己沒有病痛，但剛剛那些折磨的痛楚太清晰，連薰予撫上自己的肚子，那種肚皮被活活剖開的痛太可怕，彷彿刻在每一條神經裡。

忍不住打了個寒顫，好痛！她尖叫著卻動彈不得，彷彿有人壓著她，卻沒有見到是誰……她都不知道是自己陷入幻覺，還是經歷了某人曾發生、或即將發生的事。

但那感覺太真實了，連薰予壓著肚子，她覺得那一定發生過……冷汗全滲出，幾乎濕透了背。

病房門被推開，走進拿著水的蘇皓靖，他臉色也不甚好看，直覺比她強大的他，只怕感受到的更深。

「你還好嗎？」她虛弱的問著，難為他還想著她。

「不好，我被剜掉雙眼，還被斬斷手腳，痛得我都快暈死過去……偏偏還暈不過去。」蘇皓靖把水遞給她，是很貼心的溫水，「最後被扔進火裡燒。」

連薰予聽著都覺得可怕，「我是被無止境的剖開肚子，有時懷孕有時沒有，活活拉出小孩、或從我肚子裡把內臟都掏出來……我一直尖叫，卻叫不出聲。」

蘇皓靖嚴肅的皺起眉，「妳現在意思是……妳跟我剛剛陷入幻境中的感覺與事件不同步？」

連薰予捏著杯子點了點頭，忍不住微顫身子，「我是貼著你的……但是，我甚至不知道我們看到了什麼……」

「場景太破碎，明明有街道有人，但卻什麼都看不清，接著我就覺得我被人困住了。」這不對啊！他望著連薰予，他們怎麼完全感覺不到對方？而且還沒同步？

「我也是，而且我掙脫不開，一切都真實到嚇人……如果是平常的直覺，就只是知道會發生什麼事，但不可能——」

「因為你們被第六感反制了。」門口不知何時站著陸虹竹，手裡還拎著香味四溢的宵夜。

「我一直說陸姐人最好。」蘇皓靖一秒換上諂媚嘴臉，笑吟吟的迎上前去，他實在餓慘了。

去涂靜媛家時是下班後，一路到現在都半夜了，他們完全沒吃飯啊！

「就知道諂媚。」陸虹竹把食物塞給蘇皓靖，憂心的直接來到連薰予面前，「小薰，妳臉色好差。」

連薰予抬眼看向自己的姊姊，一瞬間淚水潰堤，直接撲進了陸虹竹的懷裡。

陸虹竹先是嚇了一跳，但還是趕緊抱著妹妹，還不忘挑釁般的瞅了蘇皓靖一眼……就算不是親生的，好歹她還是她姊好嗎？

蘇皓靖冷冷笑著，他才不會計較這種小事，現在五臟廟才是大事。

連薰予緊緊環著陸虹竹，人就貼著她肚皮低泣，她永遠無法感覺到姊姊的任何事，直覺這份能力在姊姊身上是毫無作用的！如同待在姊姊為她打造的堡壘，回到家裡，她的第六感就會變得薄弱，不輕易被影響。

如此的沉靜，如此的令人安心，也就能給她一個絕佳的逃避環境。

「姊……妳為什麼會知道我在那裡？」連薰予悶悶的開口，「阿瑋說是妳趕到救了我們，妳……」

跟蹤我嗎？這幾個字她嚥了下去。

「我是守望者，小薰。」陸虹竹平靜的說著，「我是妳的守望者，於公於私都是……我反而比較驚訝，妳不知道我在那裡，蘇皓靖？」

「我有感覺到。」蘇皓靖打開紙碗，是熱騰騰的麵線，「小薰那時一心都在涂靜媛身上，而且也感受到她家的異狀，所以沒留意吧。」

連薰予回頭看向他，他居然知道姊就在附近？「你是因為這樣才敢冒險的嗎？」

「冒險？拜託，我要真知道去拿那輛玩具車會有事，我連碰都不會碰，我才不會是以身犯險的人。」蘇皓靖說得實在，「如果不是妳硬要插手，我根本不會管他們的事。」

說的也是，蘇皓靖向來主張人各有命，他們即便有第六感可以感覺到什麼，不需也不該去干預人的命運，而且為別人犯險這種事，更沒必要。

「所以那輛玩具車是什麼東西？是那個造成涂靜媛家的異狀嗎？」連薰予緊張的坐正。

「那是再平常不過的玩具車，上面什麼都沒有。」陸虹竹沉下眼色，「有問題的不是東西。」

「是人？」蘇皓靖的湯匙在杯口輕點，「把我們關在幻境裡的人。」

拉著陸虹竹雙手的連薰予忍不住打了個寒顫，「怎麼樣的人能做到這些事？我們甚至連即將陷入這樣的險境都沒有察覺！」

他們在幻境裡的痛楚是真實的，生不如死的痛，如若不是陸虹竹趕到，他們說不定現實中已經心臟麻痺而亡了。

「不是幻境，我剛說了是被反制！你們的直覺讓你們感受到某個被虐待的人，那些經歷是發生過、或是即將發生的真實。」陸虹竹仔細的解釋，「用更簡單的方式說，你們的第六感像是增幅，進入感同身受的階段，對方只是讓你們出不來而已。」

「只是？」連薰予突然沒來由的火大起來，「那出不來多可怕啊！所以我們也有可能永遠被困在那裡嗎？」

陸虹竹遲疑幾秒，還是點了點頭，「我覺得有可能，這事很難說……」

坐在一旁的蘇皓靖忍不住輕笑出聲，自嘲般的搖了搖頭，然後繼續吃著他的麵線，還催促連薰予一起過來吃，麵線涼了可不美味喔！

「笑什麼？」

「這是專家吧？專門對付小薰的人，妳們不是講過有光便有暗？」蘇皓靖輕柔的拌著對面的麵線，讓它不那麼燙，「小薰，過來吃了，妳坐在那邊不會飽。」

有光，便會有暗……連薰予在陸虹竹攙扶下站起來，緩緩的拖著腳步朝蘇皓靖身邊去。

「針對我而來嗎？」她悠悠坐下，「因為我是轉世小姐。」

陸虹竹雙手抱胸，只得深深嘆了口氣，「我是不是早說過了，要保持安全的話，就是不能管閒事……因為連我們都抓不準那個黑暗在哪裡。」

蘇皓靖朝向陸虹竹豎起大拇指，這點觀念他們是有志一同，所以儘管他的第六感比連薰予強大許多，但從小到大，他什麼閒事都不管……他是不願管，連薰予則是不敢管。

結果那個膽子小的連薰予，現在卻突然變得什麼都愛管，只因為她覺得擁有這種能力，就該在能力範圍內盡最大的力量幫助別人。

連薰予將麵線拿到面前嗅了嗅，泛出微笑，「好香喔！」

喔喔，顧左右而言他，蘇皓靖暗叫不好，看來她是不會聽了。

「快吃，我剛拌涼了些……」蘇皓靖吃了個底朝天，但還是沒飽，「我還想再吃點，妳吃飽後我們去吃宵夜。」

連薰予略蹙眉，看著眼前這一大碗麵線，很懷疑幹掉這碗後她還有胃口吃別的東西。跟連薰予一起長大，陸虹竹會不知道她個性？小薰想正面回答的意思就是：我想要按心意做，不直接講只是為了不傷害他們。

用不著直覺，蘇皓靖都知道她的心意了，大爺他靠著椅背，只看著對面大快朵頤的連薰予，臉上卻泛著心疼的笑容。

「好吧！那下一步就是麻煩陸姐去查看涂靜媛的房間，大概傳統的孕婦禁忌她都犯好犯滿了，畢竟是自己想做衣服給小孩，所以剪刀針啦全碰了。」蘇皓靖主動看向陸虹竹，「主臥室令人不舒服，所以——」

「我已經安排好了，明天會有人去看。」陸虹竹語帶保留，但這遲疑的一秒就讓連薰予抬首，「好吧，你們走後就出事了，涂靜媛現在也在這間醫院裡。」

咦？連薰予立刻感受到恐懼的哭聲，還有閃爍的燈，差點沒滑掉手裡的湯匙。

「沒事……沒事，母子均安。」蘇皓靖即刻越過桌面，握住她的手，「只是嚇著了，打了安胎針後在休息。」

「細節應該不必我多說，總之他們家就是出現不尋常，所以也沒人會逼她回家睡覺，在醫院先睡一晚更好。」陸虹竹邊說邊查看手機訊息，「對了，那個活動神主牌還沒回去喔，他很擔心你們。」

「阿瑋！」連薰予有幾分感動，「現在都幾點了，他還在……」

「有點死心眼，堅持要等你們安然無事。」陸虹竹倒是有點欣慰，「有這種朋友挺不錯的。」

「是嗎？妳確定？我一點都不覺得。」蘇皓靖直接打斷，「他一直在醫院是想再帶一個回去嗎？」

「唉唷，阿瑋又不一定總是時運不濟。」連薰予桌下的腳踢了他一下。

「我怕的是他讓我時運不濟……好，不說他，妳快吃完，妳想去看涂靜媛對吧？」蘇皓靖再轉向陸虹竹，「陸姐，謝謝，辛苦了，妳可以先回去休息了。」

陸虹竹憂心的看向連薰予，沒有說出口的擔心全寫在臉上，她希望……連薰予能跟她回家。

連薰予抿了抿唇，她當然知道姊姊的意思，但是她……還想再試試看。

「我想再撐一下。」她看向了陸虹竹，「我不能一輩子都在妳的保護之下。」

「誰說不能，我們隨時都能護妳周全。」陸虹竹堅定的說道，「回到家裡，好好安心的睡上一覺。」

「就像那些被供起來的人一樣嗎？」連薰予不慍不火，「我不想成為轉世小姐。」

陸虹竹看著她，帶著無奈，「但妳就是。」

「或許吧，但我不想成為你們眼中的轉世小姐，做你們認為我該做的事，走你們覺得我該走的路。」連薰予略嘆口氣，「你們這樣把我帶大，就該預料到這天。」

「我是不想讓妳走舊路才這樣把妳帶大的，但是妳可以在被保護下做妳自己啊！」陸虹竹一開始就是打這種如意算盤，不讓連薰予過跟前代一樣的日子，但大家還是能守護她。

「呵……呵呵，別說笑了，陸姐！」蘇皓靖主動打斷，「別瞪我嘛！我說真的，一旦讓小薰進去你們的系統，受到保護……就像吃人嘴軟一樣的情況，人情會壓得她喘不過氣，一堆人再加點情緒勒索，遲早逼她走向一樣的路。」

更別說還是跟政治綁在一起咧！

尤其連薰予是什麼個性，大家都知道，說好聽是溫和善解人意，說難聽就是軟弱易遷就嘛。

「好吧，反正我不會勉強妳的。」陸虹竹走來，親暱的扶著連薰予的頭，在其髮上輕吻，「妳只要知道，姊姊永遠等妳。」

「嗯。」連薰予抬起頭笑著，卻有點不自在。

是嗎？腦海裡又浮現了疑惑，是對轉世的愛，還是對連薰予這個人的愛？

目送著陸虹竹離去，連薰予望著麵線的眼神低垂，蘇皓靖倒是什麼都盡收眼底的趴上桌，瞅著她不放。

「別鬧！」她略微揚睫，看了對面俊美的男人一眼。

「妳對陸姐有所懷疑是正常的，要我也不信任。」蘇皓靖又是戲謔的笑，「到底什麼是真？什麼是戲？把我當轉世小姐顧著？還是把我當一個親妹妹？」

「這種事無解的，尤其當我心裡有定見時，她的任何答案我都會質疑。」連薰予已然想過這一層，「我跟那邊的事太複雜，先別想……我吃完了，是不是去看看涂靜媛？」

蘇皓靖在她動手前，主動把吃完的空碗疊好裝袋，再拉過她的手朝外走去，兩人還是有點渴，扔完垃圾後還到販賣機投了飲料。

「忘了問陸姐涂靜媛住哪裡……」蘇皓靖一邊扭開瓶蓋，一邊看向了電梯，「七嗎？」

連薰予挽上他的手肘，對於他的「七」深表同意，「對，就是七。」

沒有為什麼，但他們就是知道往樓上走。

深夜一點，醫院異常靜寂，電梯抵達時發出的聲音反而成了最刺耳的聲響，叮的一聲，門才敞開，就是差點被嚇到的阿瑋。

「哇！你們沒事嘍！」阿瑋喜出望外，「我想說到底多嚴重，要躺這麼久。」

「看到你我就覺得可能要有事了……你為什麼不回家？」蘇皓靖皺起眉，拉著連薰予走入電梯，「不必上班嗎？大哥。」

「我明天十點的班，還好啦！」阿瑋跟著也走回來，「你們要出院了嗎？」

「去看涂靜媛。」在蘇皓靖繼續講白目話前，連薰予打斷了他，「阿瑋，謝謝你這麼擔心我們，有姊在沒事的。」

「說到陸姐真可怕，去哪裡找這麼多人堵在走廊啦，還 VVIP 病房！」阿瑋主動按了七，「我只覺得可怕，連你們兩個都會出事，如果陸姐沒來的話我真不知道會發生什麼事。」

阿瑋想到了最重要的一層，一直能用第六感趨吉避凶的他們，是怎麼讓自己身陷險境的。

連薰予內心有無數感動，偷瞄著蘇皓靖，她知道他對阿瑋只是嘴賤，若不是真的好友，也不會去留意到這細微末節。

「我們沒事了，謝啦！」抵達七樓，蘇皓靖還是道了謝，「既然你在，病房號是？」

「733。」阿瑋主動壓低了聲音，「彭重紹先回家了，我趕緊跟他講你們的狀況……她老公到外面想解決辦法，病房裡只有涂靜媛跟小朋友在休息。」

「涂靜媛應該沒什麼大礙，就是嚇到了。」蘇皓靖沒感受到即時的危險。

「孕婦被嚇到就是大事了！一直哭著說不要回去。」熟門熟路的來到病房前，阿瑋已經進去很多次了，「真的被嚇壞的是小女孩，哭著纏了我一晚。」

「哦……原來是為了小蘿莉啊，害我感動了一下。」連薰予故意咬了咬唇，「我還以為……」

「沒有啦！當然是為了你們啊！」阿瑋連忙解釋，「只是順便顧一下亞帆。」

連薰予忍著笑，阿瑋有時就是誠實得可愛！

「還不錯嘛，難得這麼有蘿莉緣，我稍早看你們沒很熟，還願意纏你。」蘇皓靖調侃道，直接推開了房門。

冷氣很強，涂靜媛正沉沉睡著，他們都感覺得到，她睡得相當安穩。

一旁沙發椅上躺著早睡翻的女孩，連被子都踢掉了，連薰予小心翼翼的為趙亞帆把被子再蓋上，她睡眼惺忪的睜開，一秒又睡去。

連薰予還記得她感受到的一切，她在幻境中被剖開肚子時，很多次是在懷孕的情況下，被活生生拉出血淋淋的嬰兒，所以那個直覺是因為某位孕婦而產生的。

因此她不得不盯著涂靜媛那圓大的肚子，不由自主的覺得有問題。

門再度被推開，光線進入，是折返的趙逸豐。

「啊……兩位。」一改之前在家裡的反彈，現在的趙逸豐倒是相當有禮貌，只是看上去十分疲憊勞累。

「我們想近距離接觸一下你老婆，可以嗎？」蘇皓靖開門見山，「摸她的肚子。」

「咦？」趙逸豐臉色立刻有變，皺著眉不明白他們要幹嘛。

「我們只是想感受一下她會不會有事……我們有很強的直覺，越近的接觸能告訴我們一切事情。」連薰予溫聲的解釋，「我們都不希望她出事對吧？」

趙逸豐遲疑再三，點了點頭，「只能妳碰。」

他無法讓一個男人碰他老婆，尤其又是那種長得令人厭惡、過度好看的傢伙。說話聲讓涂靜媛微微睜眼，她看見連薰予他們時倒抽一口氣，連薰予趕緊上前壓住她，讓她好好躺著。

附耳在她耳畔，說著自己想觸碰她的肚子，感受一下她是否還有危險時，涂靜媛毫不猶豫的答應了。

她已經被嚇慘了，現在什麼都願意配合。

蘇皓靖識相的站得較遠，即使趙逸豐仍舊介意，但連薰予表示他不能離開，他們兩個越近，直覺才越強；所以在適當的遮掩後，終於讓躺在床上的涂靜媛露出了渾圓的肚子。

七個月大的孕肚已經非常大了，連薰予緊張遲疑，但還是做好準備的撫上她的肚皮……剪刀剪開了布，釘子釘在牆上，穿針引線，接著是平靜躺著的嬰兒……

嚓！某道裂帛聲傳來，連薰予嚇得縮回手，卻發現肚子裡的小嬰兒可能是翻身，還踢了她一腳。

「啊……」她從錯愕到輕笑，「呵，他踢了我一下耶！」

「嗯……」涂靜媛虛弱的點點頭，的確孩子動了。

「可能嫌我們吵吧？」蘇皓靖打趣的說，倚著牆的他雙手抱胸，現在的笑容非常溫和，是完全職業性的笑容。

連薰予知道那種笑，他們都感受到了不祥，但暫時不適合說。

「嗯……」小床上的女孩厭惡般的出了聲，「好吵！」

「喔喔！沒事沒事！」涂靜媛隔著距離安慰女兒，趙亞帆把剛被蓋好的被子又踢開，喃喃唸著聽不懂的話語又轉身睡去。

連薰予趕緊說聲打擾了，再轉向蘇皓靖時，他已朝她伸出手，帶著她往外走；趙逸豐先安撫女兒，再溫柔的與妻子細語，說著他正努力，想找個舒適的地方讓她住下。

「謝謝。」涂靜媛疲憊不堪但暖心的說著，輕吻了丈夫的手背，順道阻止他要蓋上背子的舉動，「我有點熱，我涼一下再蓋。」

「嗯！」趙逸豐朝門口看去，「我出去跟那兩位談談。」

涂靜媛連忙點頭，「要有禮貌。」

他知道。經過晚上這麼一鬧，他怎麼會不知道自己之前的粗鄙與無禮？雖然事情的發展令他難以想像，但就是出現怪事了，他寧可信其有，也必須拜託人家幫忙啊！

彭重紹家族之前的事他聽過多次，如果真的不是穿鑿附會，那就是可怕的真實！

「等明天宮廟的人去看過後，我再告訴您結論好了。」連薰予禮貌的對著趙逸豐說，「現在說什麼都是多餘的，也只是徒增不安。」

「好，我明天有重要會議不能請假，重紹會代替我去。」趙逸豐十分客氣，「一切有勞你們了。」

這麼忙？蘇皓靖微蹙眉，是做什麼大生意到孕妻都這樣了還要以公事為重啊？

「放心啦！小薰他們很熱情的！」阿瑋專替別人攬事做，「雖然不是什麼絕世高人，但第六感夠強就威了。」

蘇皓靖沒好氣的瞅向他，「你現在是我們經紀人是吧？費用怎麼拆？」

「啊，費用上沒問題，只要能徹底解決……這可怕的事。」趙逸豐心緒難平，「……我、我以為可以重新獲得幸福的，為什麼會發生這種事？靜媛都七個月了。」

嗯？為什麼他用詞這麼奇怪，「重新」獲得幸福？以前曾遭受過什麼嗎？連薰予悄然朝蘇皓靖瞄去，他不動聲色的輕闔一下眼睛，表示他收到訊息了。

「沒事啦！真的不會有事，現在大家不是都很平安嗎？」阿瑋連忙安慰，「我跟你說，我這人一個人火裡來水裡去的，還是能活到現在，沒事啦。」

連薰予真的忍不住笑了出來，這成語是這樣用的嗎？

「也對啦，你不這麼豁達也很難活……唉，我說真的，趙先生，要像他一樣做什麼都會出狀況的人生才是不容易，你要相信他。」蘇皓靖難得支持阿瑋，「首要的是住所的問題……」

「暫住旅館不是問題，但久住也不是個辦法，現在不知道事情會耗多久……我想短時間內靜媛也不會想回家吧？」趙逸豐整晚就是在聯絡這件事，「但打擾親人太久也不好，短租一時也不好尋，我打算先住旅館，再利用這幾天讓助理幫我找短租屋子。」

「嗯……要不要參考我家那邊的房子啊？」

阿瑋突然扔出了熱情的建議，這瞬間把連薰予跟蘇皓靖都嚇傻了。

「您那邊？您那邊有空屋還是？」

「我樓上有間房子一直租不出去啊，房東也很好講話，短租也沒問題的。」阿瑋雙眼閃閃發光，「我跟房東很熟，他現在只求能租出去呢！如果 OK 的話可以來看看，又便宜又大，附近機能爆炸好的！」

「等——等等，等一下！」蘇皓靖急忙打斷了阿瑋，「你該不會說的是我跟小薰都剛、好、知道的那一間吧？」

「對啊！」還一臉理所當然，「就我樓上那間嘛。」

「阿瑋，那間……出過事。」連薰予含蓄婉轉的說著，她覺得這是必須告訴趙先生的。

「出過事？」趙逸豐敏感的蹙眉。「出事是指……」

「唉唷，以傳統來講就凶宅啦！」在趙逸豐倒抽一口氣前，阿瑋連忙解釋，「但是非常乾淨，那邊什麼都沒有了。小薰，妳知道的啊，法事都淨化了。」

連薰予幾分遲疑，事件結束後的確處理得很乾淨……

「那……那就……」趙逸豐尷尬的說著，怎麼會有人介紹凶宅給別人呢。

「唉唷，凶宅的前提是裡面要有好兄弟，如果沒有的話就跟一般屋子一樣啊。」阿瑋趕緊勸說，「我跟你說啦，那間絕對比你家還乾淨。」

呃……蘇皓靖憋著笑，敢情這是凶宅等級的比拚？偏偏阿瑋說的好像又沒錯，如果之前那間屋子已經處理乾淨的話，只不過被歷史所累，比趙逸豐那剛犯禁忌的家要安全太多了。

趙逸豐聽著刺耳，曾幾何時，凶宅竟還比他的家還安全了。

徬徨又震驚，無助的趙逸豐最終還是只能看向蘇皓靖。

「別看我，我們不是道士或靈媒好嗎？」蘇皓靖即刻拒絕，「不過現在我的確沒有感覺到危險，那是間很乾淨的屋子。」

從阿瑋提起那間屋子開始，他沒有感到任何不妥。

「我也是，如果不OK，我們直覺就會覺得不行。」連薰予咬了咬唇，悄悄望著阿瑋，「該不會，你『室友』告訴你的？」

阿瑋閃爍著眼神，尷尬的笑了笑，他「室友」不好說，不好說。

如果好兄弟都沒感受到什麼，那或許還真的是個適合的好地方了？

蘇皓靖身後的病房門悄悄開了條縫，小女孩偷瞄著外面，她剛起來上廁所，聽見了爸爸的聲音，但大人說話時不可以吵，所以她轉身又走回小床。

看著媽媽又沉沉睡去，呼吸聲平靜，但肚子裸露在冷氣中，趙亞帆想了幾秒，記起媽媽總說肚子很重要，便踮起腳尖要幫媽媽把衣服拉好，被子蓋上……嗯？

右手捏著衣服的她瞥到了起伏的肚子，她狐疑的拉高睡衣裙襬，小寶寶在踢耶……

只見光滑的肚皮下竟起伏劇烈，小小的手幾乎要穿破薄薄肚皮的使勁，趙亞帆嚇得鬆開手，退後了數步，咬著自己的小手，看著肚皮裡的弟弟左手右手輪流的掙扎著，把媽媽的肚皮撐得好薄好薄……

嗚……弟弟會就這樣衝出來嗎？才想著，肚皮突然恢復了平靜。

趙亞帆還是沒敢動，戰戰兢兢的站在原地。

然後，一張臉突地從肚皮裡撐出來，清楚的五官貼在肚皮上往外撐，張大著嘴像在大吼，扭動著頭拚了命的想擠出！

亞帆全身抖個不停，看著那張扭曲的臉……終於，那張臉像是雖然隔著層肚皮卻感受到她似的，倏地停下，朝她看了過來。

那個是……弟弟嗎？

第六章

從手機裡看著極簡家具搬進新屋，連薰予很訝異速度如此之快，不過看著涂靜媛一臉放鬆的在跟孩子說話，再簡陋的環境，也總比回家裡好吧？

這是阿瑋樓上的套房，之前這房間有位女孩意外墜樓，雖然後來證實不是意外，但現在完全不會給人不舒服的感覺，沒有任何亡者之怨存在。

「巫女。」一名中年女人上前，恭恭敬敬，「請您站在玄關就好，不要進入主屋。」

「我叫連薰予。」她立刻放下手機，無奈但溫和的回應，「我不是什麼巫女。」

女人只是望著她，維持一貫的淺笑，頷了首。

今天蘇皓靖有不能推的工作不能前來，但主場是陸虹竹跟她的……團隊，她不需要出什麼力，下午直接請假到趙逸豐家，親眼看一下這間屋子到底有什麼問題。

其實心裡是想看看，「祈和宮」到底是什麼。

來的人照慣例清一色是女性，沒有專屬制服，但是卻有特殊色的手環或是皮帶，姊姊甚至不是主事者，今天是一位年約四十多的女人主導，她與手下身著全白的衣服，挽起袖子露出的手腕內側有一模一樣的刺青。

陸虹竹僅負責聯繫，可是幾乎每個人都會對姊姊匯報且態度恭敬；她不傻，看得出來姊姊在組織裡地位很高，看來要成為「守望者」也不是普通人。

又兩名年輕女孩過來，那天她見過，看起來是姊姊的手下，她們突然站在連薰予左前與右前方，像侍衛一般站著一動也不動。

「對不起，請問……」連薰予覺得她們擋住視線了。

「巫女，我們會負責保護您，請您站在這裡不要動。」年輕女孩說著，姣好的側臉怎麼看都像未成年。

「我不需要……」連薰予試著移動身子，兩個女孩即刻跟著移動，甚至旋過身。

「巫女，請您不要妄動！」少女突然嚴厲的說著，這口吻跟姊姊有幾分像啊，「等等萬一有什麼狀況，我們必須保護您！」

「會有什麼？」連薰予蹙起眉搖首，「這裡什麼都沒有。」

她肯定的說著，因為才到樓下她就已經知道與當日不同了。

前天晚上那種詭譎、哭泣、悲傷與恐懼交雜的情感都不存在了，連那個跑來跑去的孩童殘影也沒有出現，否則她怎麼敢踏進這玄關呢？

在客廳邊的陸虹竹瞟了過來，「官司，退下。」

一聲令下，少女即刻讓開，反而是連薰予愣住了，「官司？」

「這個高的叫官，比較矮的叫司，是我的保鑣兼助理。」陸虹竹指著兩名基本上差不到五公分的少女說著。

「……名字取得很爛！」連薰予都無言了，就叫官跟司，是生怕別人不知道她是律師嗎？

叮！涂靜媛房裡突然傳來搖鈴聲，「作法」開始，連薰予略做了個深呼吸，眼眸低垂，有問題的從來不是在地點。

是人。

在屋裡跑的曾是人、把他們困在直覺裡的也是人，虐殺者也是人，前晚與涂靜媛近距離觸碰時，他們感受到的是深切的恐懼與忿怒。

一切都是人，涂靜媛是承受者，但他們不知道加害者在哪裡。

但是有什麼要對涂靜媛不利，這是可以百分之百確定的。

鈴聲不間斷但有節奏的在裡頭響起，進房間的僅有三人，雖有相同的刺青，但她們身上配戴的物品各有不同，具有不同的力量，這間宮廟的法器都相當有用，一直以來她也是備受照顧。

她剛聽著其他人在說話時，提起現在在作法的，是「靈司」。

她還不想太了解祈和宮的一切，不過聽名字就與靈力相關，與各國傳統的文化差不多，不管迎神或是驅鬼，都有自己的儀式與咒法，而讓她無法否認的是，跟這些人在一起時，她有種無比的熟悉感。

那天進入地下洞穴時，也並沒有陌生感，這是無法逃避的感受。

未掩的大門探進一顆頭，彭重紹好奇的張望著，全是陌生臉孔讓他有點奇怪，直到瞥見了窗邊的連薰予。

「咦？你來啦？」她非常輕聲的說著。

「嗯，姊夫今天有重要會議，我剛安頓我姊她們後，先過來瞧瞧。」彭重紹也知道裡面正在作法，「有什麼狀況嗎？」

連薰予搖搖頭，目前一切平和，接著彭重紹在客廳瞧見了依然一身套裝的陸虹竹，她的神情比平時嚴肅幾分，他也不敢上前打擾……只是啊，今天請宮廟的人來這裡是透過陸姐，他還真一點都不意外。

當初他們家族身陷掃墓禁忌所苦時，有一次就是陸姐到醫院來幫了他們……他昨天才突然意識到，會不會陸姐早知道什麼，所以當時在醫院時才幫了自己的母親？

涂靜媛的房裡設置了無數紅線交叉於空中，紅線上繫上許多鈴鐺，主施術者站在中間，手上輕搖著普通的鈴，另外兩人站在後方，低首不停唸著咒文，像是祈禱一般。

施術者大手朝空中一劃，下一秒足即刻點地。

「召喚胎神！」

叮——靠近縫紉機那邊的紅線突然動了，緊接著另一端的線也開始搖晃，清脆的鈴聲由小變大，此起彼落的震動著，連薰予聽著那嘈雜的鈴聲，不由得皺起了眉。

好亂……她忍不住揪緊衣角。

「小薰？」彭重紹察覺不對的探問，「妳還好嗎？」

「沒事，就是有點吵。」她掩起雙耳，這鈴聲聽起來怎麼這麼令人煩躁？

叮叮叮，每個鈴鐺都在不同頻率中響著，彭重紹並沒有覺得很吵啊。

陸虹竹疾步走來，官二話不說的拉過彭重紹，請他避到一邊去，她們重回連薰予面前護著她；堅毅的眼神看向陸虹竹，她微微頷首，表示站著就好，不要觸碰到小薰。

連薰予緊皺起眉，不耐煩的後退終至貼著陽台牆面往裡看，姊姊就站在面前，少女們又站回來了……她越過陸虹竹，突然留意到電視上的相框，她在鈴聲中聽見了碎裂音。

有個小小的身影坐在床尾……桌上，肥胖的小手托著腮看著涂靜媛，然後祂坐在縫紉機上搖著手緊張的阻止涂靜媛的搬運，涂靜媛拿出剪刀時，小手驚訝的掩起了雙眼。

玩具車是放在餐桌上的，連薰予突然往前走了兩步，皺緊眉看著那輛車子，玩具車是怎麼到床底下的？

她忽然感覺到剛剛那小小胖胖的身影蜷縮在床底下，就是那天玩具車的位置，祂瑟瑟顫抖，像是在恐懼什麼，然後……

房間裡劇烈震顫的紅線突地繃緊，下一秒竟一一斷裂，鈴鐺因此同時四處彈起，連薰予彷彿看見所有的線切割開那胖胖的小孩子，祂瞬間成了碎塊，鮮血四濺，血肉橫飛，卻連聲慘叫都沒有！

「啊！」她雙手交疊於胸前，痛苦的彎下身。

「巫女！」少女即刻要攙扶她。

「別碰她！」陸虹竹厲聲下令，深怕少女的觸碰會帶給小薰其他的直覺。

連薰予整個人蹲了下去，同一時間裡頭所有的聲音都靜了下來，施術者看著斷掉的所有紅線，放下手裡的鈴，而她的臉上身上，開始滲出一道又一道的血痕。

「白姐。」後頭兩人即刻上前，從懷中拿出雪白的帕子，輕輕為她按壓滲出的血珠。

「……受傷了。」連薰予同時在外頭緩緩出聲，抬起頭來看向姊姊，「裡面的人受傷了。」

「嗯。」陸虹竹倒是不為所動，這對施術者來說是司空見慣之事，哪有不反撲的？

彭重紹在一旁不知如何是好，他知道小薰一定感受到什麼才會這麼痛苦，但裡頭是他姊房間，這讓他既緊張又想問，卻又不敢開口。

白姐在攙扶下走出來，臉上身上處處是傷，就真的細如線，彷彿是被那些紅線割傷的，但傷口都很淺；她右手攥著一拳頭，走到陸虹竹面前時，攤開了那掌心裡的鈴鐺。剛剛掛在紅線上的鈴鐺，全部變成黑色。

「這什麼意思？」衝進去的彭重紹倒抽一口氣，「房間裡有什麼嗎？哇，妳受傷了！」

「我試著召喚胎神，但……」白姐捏了捏那些鈴鐺，瞬間竟如炭灰般粉碎，「胎神，已經死了。」

死了！連薰予又打了個寒顫，果然剛剛那個被切開的白胖小子，就是胎神嗎？

咦？彭重紹怔住，胎神這種東西……可以殺的嗎？

「難怪，所以她不會有胎神保護……基本上現在這個社會也沒什麼人在信了，可是該存在的還是在。」陸虹竹向白姐頷首，「辛苦了，白姐。」

「胎神被殺？無緣無故……誰會殺胎神？」彭重紹一臉茫然。

「誰想要孩子死，誰就會殺胎神。」連薰予幽幽接口，「你姊觸犯的禁忌都是小的，胎神只是哇哇叫而已，但是……一定有什麼我們不知道的事。」

「這範圍太大了，怎麼抓？要先了解他們的朋友鏈，還有她在懷孕時做了什麼……列清單給她都不一定挑得準。」陸虹竹只覺得頭疼，「已經七個月了，是不是先保到孩子出生就沒事？」

「我怕保不住，涂靜媛全身上下都被恐懼與血包圍。」連薰予下意識又撫上自己的肚子，她開始覺得被剖開肚的女人……會不會是涂靜媛？

但是她是被人剖開的，誰？

「誰會想害我姊？」彭重紹才覺得不可思議，「而且是什麼人，可以把胎神殺掉？」

「也可能是有怨氣的亡者，或是……」陸虹竹無奈的雙手一攤，「很想要孩子的亡靈？」

「那她自己生……」不對，人死了怎麼生？「那、那就是我姊冒犯到了什麼對吧？我重新梳理一次，我表姊碰觸到某個禁忌，那個禁忌導致可能有好兄弟要傷害她及她的小孩。」

連薰予略微一頓，點了點頭，「對……對，應該是這樣。」

直覺讓她無從否認，就是應該那樣。

「你們在說什麼？」

門口傳來趙逸豐的聲音，他還是努力趕過來了，臉色慘白的站在門邊，剛剛的話全聽得一清二楚。

「姊夫……」彭重紹上前，卻不知道從何解釋起。

「誰要害靜媛？害我的孩子？」趙逸豐激動的抱頭，「我這輩子沒做錯過什麼……

為什麼要這樣對我！」

他突然大吼起來，發狂似的回身又踹門又捶牆的，抓亂一頭本是梳整好的頭髮，吼叫聲中帶了哽咽，連薰予完全可以感受到他的心痛，還有一抹悲傷。

「發生過什麼事？」連薰予憂心的問道，下一秒卻倏地看向電視機上的相片。

對，她剛剛就覺得這照片哪邊怪怪的，上次來時只是匆匆一瞥，但現在直覺讓她覺得這相框有哪裡不對勁！連薰予直接走近，拿過相框，上面是趙逸豐一家三口歡樂的合照。

此時的彭重紹正安撫著姊夫，趙逸豐莫名其妙的崩潰，已經蹲在地上泣不成聲。

「沒事，姊夫，我姊才不會有事咧！」彭重紹拍著趙逸豐。

「你說你們幾周年？」連薰予像是想到什麼似的。「你姊結婚幾年了？」

「呃，三年？」

對，那天有提到結婚周年禮物，是三周年！

啊？連陸虹竹都覺得莫名其妙，「三年？現在有小孩速效成長針嗎？那個女生小學了不是？」

彭重紹發出「呃」的長音，尷尬的笑了笑，「也沒什麼啦，亞帆是姊夫跟前妻生的，但我姊待她可視如己出喔，她也把我姊當媽啊。」

「我好不容易才放下一切，我以為這一次一定可以幸福，我以為她已經原諒我了……」趙逸豐痛哭失聲的喊著，連薰予只覺得瞠目結舌。

「原諒什麼？這麼深的自責來自於前妻嗎？」連薰予把照片擱回電視上，她知道這就是問題所在，「亞帆的生母人在哪裡？」

彭重紹抬起頭，面有難色的眨著眼。

不會吧？連薰予旋過腳跟，開始在這間屋子裡踱步，前妻已經不在人世了嗎？這間屋子的每個角落，都曾有另外一個女人的身影？

「是我不好，我沒聽她說話，她一直覺得肚子不舒服，抱怨我都不陪她。」趙逸豐撐著牆勉強站起，「那天我帶她出去散心，卻又為公事去接電話，我回來時她就……掉下去了。」

「翻譯。」陸虹竹掃向彭重紹，「直接做總結好嗎？我等等有場官司，沒時間在這邊耗。」

唉唷，幹嘛叫他講啦。彭重紹一臉不情願，「就之前亞帆的媽媽懷第二胎時得了產前憂鬱，一直有幻覺，精神不穩定，但姊夫那時正值創業初期，沒有心思照顧她的情緒，有次他們全家出去散心時，她就跳海了。」

「幾年前的事？名字？」陸虹竹走向彭重紹，她要查查這起案子。

「四年前……你們別在小孩面前提喔，帆帆都不記得了，她以為我姊就是她媽媽，別勾起她的回憶。」彭重紹趕忙交代。

「小孩在場？」陸虹竹可吃驚了。

「那時趙亞帆才三歲吧？而且她很細心，媽媽每天情緒不穩怎麼會不知道，所以她都陪在媽媽身邊。」彭重紹話裡還是拐了彎怪趙逸豐，「不過這次姊夫對我表姊也算無微不至了，沒再重蹈覆轍就好。」

趙逸豐心緒稍微平復了些，但看上去很虛脫，「我是真的後悔，我這次總是陪著靜媛，總是……我到底造了什麼孽？」

「或許，你前妻並不高興呢？」連薰予瞥了眼電視機上的相框，「沒有人想要被取代吧？」

而且，剛剛還提及趙亞帆根本不記得自己的生母是誰！

陸虹竹朝外離去，連薰予趕緊跟上，她跟彭重紹交代說她會接手處理，請趙逸豐專心照顧好妻女便是；少女們最後離開，不忘留下一張請款單，並將大門關上。

趙逸豐頹然滑坐在地，記憶彷彿一下回到了四年前。

而彭重紹狐疑的走近電視邊，不解的反覆查看剛剛連薰予拿著的相框和……好奇的翻到背面打開，卻倏地滑下了兩張相片。

一張是陌生女人與姊夫及幼時帆帆的合照，上面那張才是他姊、姊夫與帆帆的全家福，彭重紹看著相片，難掩不滿的瞪著趙逸豐。

「我說姊夫，你要處理就處理乾淨，把你之前的全家福放在裡面幹什麼……啦……」

剛剛小薰說什麼來著？

這不就是活生生的取代嗎？

※　※　※

那天天氣不是很好，聽說有颱風逼近，天色陰晦，看起來快要下雨的模樣，但前妻卻說什麼都要到外頭散心，還挑了海邊，說想看看寬廣的海，吹吹海風。

這的確是難得的假日，但創業初期哪有假日可言，趙逸豐忙得不可開交，恨不得一天有四十八小時，幾乎沒有閒下來的時候，連覺都無法好好睡，帶老婆出來也心不在焉，手機拿著就講個不停，根本無暇留意妻子。

他總想著，等公司上軌道了，老婆生下兒子，再好好陪伴。

小小的女孩站在涼亭裡，涼亭旁就是一大塊海蝕崖，看著媽媽往崖邊走，爸爸卻還在講電話，邊講電話邊繞著圈走，她不安的左顧右盼，最後選擇朝向媽媽那邊奔去。

「媽咪！」小小的孩子走在大小不均的石頭上，根本不平穩，海風又如此強勁，她嚇得大叫。

媽媽根本沒有停下，也沒有回頭看她，只顧著往前走，走到最最靠近崖邊的地方，找塊石頭坐下。

「媽咪！」女孩後來蹲下來走，尖叫著想引起注意，但媽媽依舊沒有理她。爸爸也沒有。

好不容易走到媽媽身邊，媽媽正遠眺著波濤洶湧的海浪，削瘦蒼白的臉上帶著淚水，全身持續的顫抖著。

「媽咪。」女孩想爬上媽媽的腿，但大大的肚子佔據了大部分的位置。

「到底……要怎麼樣才能放過我？」媽媽虛弱痛苦的說著，「我沒辦法睡，我真的很累……」

「媽咪。」女孩改成拉住母親的衣袖，她回頭看向爸爸，趙逸豐依然在講電話。他抽空朝妻子瞥去，嗯，母女都在觀浪，很好，沒他的事。

「我好累……真的好累。」媽媽疲憊的闔上眼，輕撫著自己的肚子，「為什麼不相信我？為什麼不相信我啊——」

後面突然轉換成大吼，但激動吼叫聲才出口，就被狂風巨浪聲掩蓋。

女人起身，不客氣的甩開幼小的女兒，朝著大海嘶吼，忿忿的回頭瞪向涼亭裡的丈夫，她的丈夫正比手劃腳，專注於他的生意。

「媽咪！」女孩跌坐在地，尖銳的石頭輕易的割傷她細嫩的肌膚，被推倒的不明所以，只能錯愕的大哭。

「閉嘴！妳哭什麼，該哭的是我吧？」母親指向女孩，喝令著，「對……妳哭什麼勁啊！妳憑什麼哭啊！」

女孩被嚇得噤聲，緊咬著唇不敢再號哭，忍著疼自己站起來，連拍拍都不敢。

趙逸豐掛上電話，急忙的再點開下一個視窗，看著幾通 LINE 似乎把問題解決後，終於露出點放鬆的笑容。

「幸好，幸好……」他泛起笑容，這下萬事俱備，這單成了。

「媽——咪——」淒厲的尖叫聲自背後傳來，這一次，他聽見了。

咦？趙逸豐倉皇回首，再度看向剛剛妻女的方向，現在卻不見老婆，看見的是站在崖邊的女兒。

「亞帆！帆帆！」趙逸豐急忙衝了出去，「妳站那麼近做什麼？退後！退後——」

女孩終於聽到爸爸的聲音，她僵在原地回頭，瞪大的眼裡盈滿驚恐，小小的手發抖指向下方。

「媽咪——媽咪——」

趙逸豐不穩的衝了過來，他不知道這裡的路這麼難行全是礁石，一來到崖邊即刻將趙亞帆抱起，她站得太近了。

「媽媽怎麼讓妳站這麼近！」趙逸豐氣急敗壞的罵著，「媽媽呢？媽媽——妳小孩怎麼顧的？」

回頭叱罵，舉目所及卻不見愛妻的身影。

「媽咪！媽咪……」抱著的女孩全身抖得厲害，白嫩的小手依然指著下方，淚水拚命湧著，「爸爸！媽咪……跳跳跳下去了！」

什麼？趙逸豐緊護著女兒，發現她全身發抖，臉色慘白的驚恐，小心翼翼的往前走一步……兩步，再一步……

大浪啪的拍擊上底下的岩石，今天的妻子，穿著雪白的長裙，就躺在下頭的石縫間。

※　※　※

陸虹竹委託相關記者輕易的就找到趙逸豐前妻事件的新聞，的確存在，只是篇幅不大，社會上每天的死亡事件太多，不夠驚世駭俗難以受到注意。

原本陸虹竹想讓大家去她的律師事務所聊，但連薰予覺得公器私用太顯眼，所以最後他們還是約在外頭，蘇皓靖還說他可以報公帳咧！

「孕婦疑似產前憂鬱，失足落水」，標題幾乎清一色著重在產前憂鬱症，以及丈夫的疏忽大意，並關懷親眼目睹母親落水的三歲幼童。

「的確有這件事，趙某就是趙逸豐，當時小孩說媽媽跳下去，但趙逸豐認為可能是失足。」陸虹竹看著筆錄，「一屍兩命，腹中孩子六個月大。」

「那時亞帆才三歲，目睹這一切也太糟。」連薰予覺得心疼，「是不是跳下去，她最清楚了吧？」

「三歲……小孩子說的不一定準。」蘇皓靖覺得奇妙的點不在這裡，「不過我一直以為亞帆是涂靜媛的孩子，她們親如母女耶！」

一旁的彭重紹有點尷尬，「啊就因為亞帆……不記得她媽媽死了。」

那天他說過，連薰予記得很清楚，「太可怕所以失憶了吧！」

「這屬於創傷症候群了吧？難怪我怎麼看都覺得她完全沒有排拒感，好像是涂靜媛親生女兒似的！」蘇皓靖這下恍然大悟，「所以亞帆認為涂靜媛是她的親生母親？畢竟她那時還小。」

「對，姊夫說事發後她嚇傻了，不停的哭、還一直作惡夢，總是夢到媽媽跳下去的畫面，因為年紀實在太小，醫生只能打鎮定劑。」彭重紹其實也很心疼那小小孩子，「但某天醒來後她突然不認為媽媽死了，記憶停在要出發去海邊前，後面的都不記得，只吵著姊夫要找媽媽。」

「承受不了痛苦，所以身體自動把痛苦的記憶刪除了。」陸虹竹略挑了挑眉，「人體果然有防衛機制啊，再小的孩子都一樣，過度痛苦不如讓記憶不存在……」

她嘴角勾了抹笑，一臉非常讚賞的模樣。

「跟妳有異曲同工之妙吧？」蘇皓靖從容的端起咖啡，意在言外的模樣。

只見陸虹竹冷笑一聲，淡淡的白了他一眼，完全不想答腔，連薰予看著他們，自然知道蘇皓靖刻意提起姊姊的能力，他認為姊姊擁有精神控制力。

即使姊姊已經告訴自己她的身分，但未曾提過她除了守望者外，還有什麼能力。

「什麼啊？」彭重紹自然聽不懂，「陸姐妳也是嗎？」

「不是，別聽他胡說。」陸虹竹從容的轉移話題，「所以，小女孩就把涂靜媛認成她母親了？」

「感覺有點差啊，像替代品似的，而且……那時就跟你姊交往好像也太早？」蘇皓靖算算時間，可以稱得上是前妻屍骨未寒。

「沒有啦！那時我姊跟姊夫還不認識。姊夫後來跟醫生討論，決定說媽媽受傷住院，要好了才可以見面……我姊是後來才認識姊夫的，直到確定要結婚後，才用媽媽的身分跟帆帆見面。」彭重紹趕緊補充，「我知道你們要說什麼，整型什麼的理由我們都想好了，但是呢，那時的亞帆已經不記得媽媽長怎麼樣了。」

嗯？連薰予想起他們家裡的相片，「照片都抹煞掉嗎？」

他略微尷尬的點點頭，「對，一開始姊夫是說他不想看到，但亞帆好像潛意識也在避開跟生母有關的事，總之那時姊夫本來打定主意就跟女兒相依為命到長大，不過後來又遇到我姊，所以……」

涂靜媛與亞帆的合照中，感受到的都是愉快與溫暖，感覺這兩個人真的像親母女……連薰予抿了抿唇，啊問題是正牌媽媽會不會因此不爽了？

「反正那女孩認為涂靜媛是她媽媽就對了。」蘇皓靖長指在桌上輕點，「照片也不處理乾淨，用新的替代舊的，我如果是心胸狹隘的前妻，一定很難接受。」

彭重紹倒抽一口氣，「所以真的是姊夫的前妻……不高興嗎？」

「還不知道，但是忿怒值很高，對涂靜媛有意見，對她肚子裡的孩子更是。」連薰予的第六感是這麼告訴她的，「關鍵還是要知道你姊做了什麼。」

「她……她就只有拿剪刀縫衣服那些啊！」彭重紹相當擔心，「各種禁忌！」

「沒有跟亡靈有關的，她犯的禁忌在傳統中是傷害胎兒，所以胎神才會緊張。」蘇皓靖讚賞般的嘖嘖出聲，「我還滿佩服，是什麼力量可以把胎神幹掉……而且專殺胎神，目標就是針對孩子。」

「都還沒降生，能跟誰結怨？」連薰予也想不通這點。

「有時光是存在就是一種罪，你們不知道嗎？」陸虹竹說得倒是精闢，「假設是前妻的怨氣未散，不能接受丈夫娶了別的女人，還當了她女兒的母親，老公又把照片抹除、女兒忘記自己，這種種加起來，每個都是死罪啊。」

「好，那如果是怨氣未散，那怨從何而來？」蘇皓靖就是覺得有哪裡怪，「前妻的事有些缺口補不上，幻覺？肚子疼？產前憂鬱？趙逸豐當時什麼都不知道？」

「而且還在颱風前夕帶懷孕的妻子去觀浪，這也太詭異了，甚至放三歲的孩子獨自陪伴？」連薰予托著腮，咖啡廳外正巧走過散步的孕婦

「她究竟為什麼自殺呢……」蘇皓靖接話接得順溜。

嗯？連薰予倏地回首，直接看向蘇皓靖，他也跟著笑了出來。

對，他們想知道的是這個，為什麼她會自殺！

「就產前憂鬱啊……喂喂，你們現在是在懷疑我姊夫？」彭重紹有點不高興了，「他有前妻也有小孩，跟我姊在一起已經是重重阻礙了，但是大家都釋懷也接納他，你們現在是意指他……前妻的死不單純？」

哐，瓷杯擱回盤子上，發出清脆的聲響，陸虹竹還清了清喉嚨。

「首先，海邊附近都沒有監視器，唯一的證人是三歲的小孩，而且還因驚嚇過度而意識混亂。」陸虹竹完全搬出律師的姿態，「我有充分的理由懷疑你的當事人可能推妻子入海，或是因為丈夫長期不管孕妻，兩人在岸邊爭執時不小心讓女方掉落。」

彭重紹簡直瞠目結舌，「什麼當事人……我姊夫不是那樣的人！」

「口說無憑，你要有證據啊。」陸虹竹聳了聳肩，悠哉悠哉的切下蛋糕，「沒有監視器，目擊證人不具效力，趙逸豐想說什麼就是什麼。」

「驗屍報告？」蘇皓靖難得幫腔。

「推下去的話驗什麼都一樣，顱骨破裂，全身骨折，加上海浪拍擊，能留存的證據不多。」陸虹竹哎呀出聲，「這場官司你站不住腳喔。」

「我……我又不是在法院！」彭重紹也動搖了，「不要這樣！你們這樣懷疑我姊夫，讓他知道了會多難過？」

「他不必知道啊，但直覺告訴我們，關鍵在這位前妻上。」連薰予立即匆匆喝完咖啡，「姊，資料給我。」

陸虹竹倏地把桌上的文件往桌下收，睜著一雙豔麗雙眼瞪著連薰予。

「為什麼？」

「咦？」連薰予的手停在半空中，她錯愕了，這是怎麼回事？

「我跟你們說過，現在已經進入非常時期，你們不該插手別人的事。」陸虹竹嚴肅的看著妹妹，「讓自己身陷險境的所有事，都不該發生。」

「這次是她堅持。」蘇皓靖甩鍋倒是迅速，「妳知道我一向不愛管閒事。」

「蘇先生！」彭重紹連忙拜託，「話不是這樣說的啊，上次也是你幫了我，這次——」

「麻煩你買單好嗎？先走吧。」陸虹竹乾脆的把帳單推到彭重紹面前，「我們有家務事要處理。」

「我付……」彭重紹一陣無力，對啊，這一切都是為了他表姊，當然他買單，「沒問題！但拜託拜託你們一定要救我姊。」

「我盡力。」連薰予刻意溫柔的對彭重紹說著，像是對陸虹竹或是蘇皓靖宣告，這事她管到底了。

等到彭重紹結帳離開，陸虹竹這才重重的嘆了口氣。

「我是不是太寵妳了？」

從告訴連薰予她的身世開始，她就在檢討，沒有告訴她實情或是加以引導，是不是真的做錯了？

「妳說過不希望我跟歷任一樣，被這種義務責任綑綁著的。」連薰予撒起嬌來，「所以我以為妳該堅持讓我做想做的事，我越來越有勇氣了啊。」

「對，我是希望妳活出自己，但妳不能忽略原本存在的威脅！」陸虹竹無奈至極，「身為守望者，我必須保護妳，但我卻沒有教妳最基本的概念，我真的錯了！」

敵人是存在的，她至少應該要告誡教育小薰這一點，小薰可以不想當巫女，但敵人不會因她不想就不找她麻煩吧？

「那天聽得很模糊，所以暗處的敵人到底是誰？」蘇皓靖不明所以，「小薰既然不知道她族系的事，也對繼任巫女沒興趣，這樣對誰會有攻擊性嗎？」

「怎麼不會？現在你們想管別人的事，這就是妨礙了。」陸虹竹只有嘆氣，「你們的第六感可以感受到太多事情，別人的閒事、別人的危險，便會想要試著幫助，這些就是礙事。」

「妳說的像是所有的禍事，都是某個我根本不認識的敵人造成的。」連薰予十分不解，「他造成這麼多不幸是想做什麼？純粹的惡？變態？」

陸虹竹帶著嘲諷般的笑了出聲，「沒有這麼複雜，有光就會有陰影，這是共生共存，一如善惡，只要善存在一天，那份惡也會存在。」

「能找到對方溝通嗎？」蘇皓靖想的是解決之道，「如果我們不管閒事，隨他怎麼……」

「蘇皓靖！」連薰予即刻白了他一眼，「我們有這力量幫助別人，就不能袖手旁觀！」

「為什麼不能？我沒要求要這份能力啊……不對，等等，轉世小姐，現在是在說妳。」蘇皓靖指節敲敲桌子，「我是路人甲，只是剛好有類似的能力……再強一點點而已。」

是啊，一樣的第六感，卻遠比她更強大，甚至當他們接觸時，力量變得更加驚人；連薰予蹙起眉打量起蘇皓靖，照教派看起來，巫女不應該這麼肉咖吧？

「是不是搞錯了？蘇皓靖才是轉世？」她突然激動的看向陸虹竹，「他的第六感比我強那麼多耶！有沒有可能——」

「不可能。」陸虹竹斬釘截鐵的打斷她，「妳一出生我們就看顧著的，地點準確無誤，而且轉世向來都是女性。」

一出生就看顧，是啊，那天說過，在出生前上一世就指名了出生地點。

「看吧，我就說我是路人甲。」蘇皓靖可不想當什麼轉世小姐。

陸虹竹眼尾瞟了他，欲言又止，最終還是把話嚥了下去，「也沒那麼路人，你們兩個的能力會有相當的共鳴。」

蘇皓靖不想聽後面的補充，總之他對什麼教派或巫女或特殊能力單位都沒興趣，他就是蘇皓靖，僅此而已。

「說這麼多，你們也不知道想害我的對方是誰，對吧？」連薰予扯扯嘴角，「所以我們每次遇到事情，都很被動……大家不是都很厲害嗎？」

「那是妳的共生者，我們的力量怎麼可能比得上？而且邪惡要隱藏太容易了，難以發覺。」陸虹竹無力的托著腮，「在對方現身前，誰都不知道是誰。」

嗯？沒現身前？蘇皓靖突然坐直了身子，腦子裡閃過一個不得了的想法。「該不會連那個人也會轉世吧？」

陸虹竹執著咖啡杯耳的手略顫，長長的睫毛看似不動，但明顯得低垂了幾度，旋即端起咖啡杯，啜飲了一口。

連薰予「哇」了一聲，她原本以為所謂的惡，會是魔物之類的東西，不但是人，也一起轉世？

「也轉世？那表示他也會死嗎？哇……」連薰予震驚非常，「那這樣如果我不要轉世，是否就不會有那個人的出現？」

唉，陸虹竹無力的放下杯子，果然再怎麼故作鎮靜都沒用，她面對的可是兩個用直覺就可以通殺的人，當然知道她在隱瞞。

「惡是不會斷絕的，妳也可以想成是因為有他的存在，妳才也必須存在。」陸虹竹指了前面兩塊蛋糕，「相伴出現，誰也不會缺席。」

「但如果都是人，在兩個人轉世前，就不會有什麼事嗎？」蘇皓靖覺得這簡直奇怪，「你們都能知道轉世小姐下一次要去哪，轉世小姐算不出那個惡傢伙在哪裡？」

陸虹竹搖了搖頭，「那是個邪惡的靈魂，但還是個人，他是依憑人們的惡念而越來越強大的傢伙！所以轉世時也跟所有人一樣，本是個純潔的嬰兒，直到被這個世界汙染……產生惡的共鳴。」

蘇皓靖有種恍然大悟感，原來是依憑的人們的惡念嗎？「這就是為什麼總是有人要脅亡者傷害小薰，反正明明不關我們的事，是別人犯禁忌，他們卻非要找我們麻煩。」

「因為有所求、有所怨……我的天哪！」連薰予終於有種糟糕的感覺，「但是人性的惡……太普遍了。」

陸虹竹一個彈指，終於說到了關鍵，「越邪惡的東西便能增進他的力量，讓那個邪惡的靈魂全數覺醒，所以自古以來的惡事從小到大他都喜歡攪和，不管是戰爭或瘟疫，甚至現在的濫殺，再小的惡都是惡。」

「有惡念就能攀附，這個太強了吧？人類的惡念到處都是啊。」蘇皓靖琢磨著，「不過他就因為小薰有第六感，所以要幹掉她？你們前幾代是怎麼搞的？」

「前幾代……不只第六感這樣簡單，真正強大的第六感，不僅可以預知未來，遙視、心靈溝通，強大者遠端移動物體。」陸虹竹說得有點保守，因為她對面的連薰予都皺起眉了。

「我沒有這麼強大啊，我連第六感都比蘇皓靖弱……」連薰予再度質疑自己，「真的不是你們搞錯……」

「不是。」陸虹竹再次下了結論。

連薰予完全莫名其妙，她的力量真的不強，沒跟蘇皓靖貼近，連全貌都瞧不清，就這種力量距預知未來差得遠了。姊剛形容的能力，是第六感最強的狀態吧？

「上一代是怎麼發現對方的？」蘇皓靖好奇極了，「擁有最強第六感的巫女，卻感知不到對方，這也滿厲害的……所以對方怎麼現身？還是當邪惡強大到讓你們發現。」

陸虹竹露出一種惆悵與感慨，甚至長嘆了一口氣。

「每一代巫女勢必都會走上干預過度的那一步，當惡念累積到某個程度，那個人就會覺醒……」陸虹竹苦笑著，「上一代離世時才二十幾歲，油盡燈枯，絕望而死。」

絕望而死？連薰予有些吃驚，光與暗的力量就這麼懸殊嗎？「她失敗了？」

「未戰而敗。」陸虹竹停了幾秒，好不容易重新抬首，「那個黑暗，是她的男人。」

咦？連薰予第一時間，竟看向了蘇皓靖。

「別看我，我不是……吧？」他也不喜歡小薰介入別人的事，或插手他人命運，但他應該沒有惡意，「不對啊，我也是偶爾會幫人的吧。」

「蘇皓靖不是。」陸虹竹口吻倒是肯定。連薰予這才鬆了口氣。

「情人嗎？所以交往時誰都不知道……好可怕的人，那這麼說來，上一代是——自殺？」連薰予震驚的望著陸虹竹，「你們允許……這種事嗎？」

「她有自己的選擇權，我們誰也沒辦法。但是當爸媽知道後，便打定了主意——」

陸虹竹突然伸手握住了對桌的妹妹，「要讓下一代的巫女當個普通人。」

父母也同意她的做法，因為上代斷氣前，最後一個心願是：希望下一世是個普通人。

溫暖從手背上傳來，但連薰予卻下意識的握緊了拳，微微抽開，這動作不必有強大第六感的人都能察覺不對，陸虹竹有點狐疑又有點受傷，卻也飛快的舉起手不再強迫她。

「我沒騙過妳，我只是瞞妳。」陸虹竹鄭重的說著，「妳不能因此怪我。」

「我現在暫時不想思考這件事……我，想知道趙逸豐前妻當年發生的事。」連薰予眼神卻不敢看陸虹竹，「姊，可以給我基本資料嗎？」

陸虹竹看著膝上的資料，立即否決，「不行，我們不知道有什麼在暗處伏擊，我希望妳放下。」

「人都搬出去，住到神主牌家樓上了，要幫就幫到底，半吊子的事不要幹。」蘇皓靖朝她伸出手，「如果妳有身分上的問題，不宜給巫女看，給我看行吧？」

陸虹竹不客氣的給了個白眼，「你覺得哪裡不同？」

「守望者不能害巫女，可以害路人甲啊！」蘇皓靖理所當然，「妳知道妳甚至不必給我看，只要給我方向就好。」

「再興。」陸虹竹倒也沒有猶豫，她其實知道勸不了，「我妹就交給妳了。」

蘇皓靖業已起身，連薰予也把包包揹上身，兩個人都準備立刻閃人。

「妳不跟嗎？守望者？」蘇皓靖還打趣的說。

「我有工作好嗎？」她沒好氣唸著，「你們真以為我二十四小時都會盯著她嗎？」

沒有嗎？連薰予自己在心底湧起了疑問。

「姊，我會定時報平安，我只是去找趙逸豐前妻的朋友而已啦！」連薰予覺得這兩個人的對話越來越奇怪，「我不是去出生入死好嗎。」

匆匆的去過洗手間，蘇皓靖說要先去開車過來門口，兩個人在門口會合，還客氣的問陸虹竹要回事務所還是法院，他能順道載一程。

「免了，我有開車。」陸虹竹拎起公事包，俐落起身。

「陸姐。」手臂一橫，蘇皓靖站在椅子與桌子間，硬是擋住了陸虹竹的去向，「妳騙不了我的。」

「什麼？」

陸虹竹凌厲的雙眸看著他，高傲美豔的律師姿態再度浮現，用睥睨的眼神看向他。

「上一代的男友就是黑暗，連巫女自己都沒察覺，表示若非黑暗願意，任誰都沒辦法──」蘇皓靖冷不防的貼近陸虹竹的耳畔，「那妳是怎麼肯定，我不是那個黑暗呢？」

※　※　※

車子往再興方向開去，車上的男女一切憑直覺行事，連薰予的手擱在蘇皓靖的手上，如此便能知道一路往前開，再無問題。

「快到再興了，等等下交流道後，得選擇往哪條路走。」蘇皓靖打著方向盤，準備靠右下交流道。

連薰予有些緊張，之前他們也在高速公路上，差點被撞飛掉落高架橋下，之後在馬路上時，她總會戰戰兢兢，算是一種後遺症。

「小心一點，保持安全距離。」她回頭看向後方的車。

「妳放輕鬆，我們兩個在一起，直覺還能讓我們被撞嗎？上次那『驚喜』還不是閃過了？」勉強及格，至少他們沒有出事。

連薰予不大高興的瞪著他，「但是別人出事了，癱瘓了啊！」

「又不是我撞的。」說著，切進右側車道，順利下了再興交流道。

不過接下來就是個麻煩，連薰予看著手機訊息，陸虹竹真的完全不給任何一點點線索，好歹給個地址，好讓他們找到人吧。

車子靠邊停下，連薰予下車去買咖啡，蘇皓靖則在車上胡亂滑著導航。

「預知能力啊……要能這麼強，輕易就能知道目標在哪裡了。」他喃喃看著再興的街道地圖，只用直覺的畫著方向，思考著要如何縮小範圍。

買好咖啡的連薰予坐進車裡，沒來由的焦躁不安，手裡捧著冰咖啡，手不停的搓弄著。

「我覺得心慌，一直很不踏實。」她擰著眉，微微捏緊並不堅固的咖啡杯。

「因為太多事了，妳一時無法消化，加上又搬出來。」蘇皓靖用平靜的口吻說道，「或許妳應該先搬回妳姊家，因為妳還無法控制自己的第六感。」

「控制？這能控制的嗎？」她抱怨般的唸著，要是可以的話，她至於這麼辛苦？

「可以。」

連薰予驀地圓睜雙眼，歪著頭看向喝咖啡的男人，「可以？你可以控制第六感？」

「嗯哼！」喝著咖啡的帥哥一臉稀鬆平常，「不然光就我比你敏感這件事來說，我又沒有姊姊幫我築城堡，不停感應我豈不累死！」

「喂，你沒提過耶。」連薰予驚呼出聲，「我不知道這還能……控制？怎麼控制？不感應？不感覺？」

「這很難說明，得遇上了才知道……我畢竟一個人生活，我如果睡覺時還繼續接收，我怎麼睡？」蘇皓靖突然挪了身子逼近她，「或許等妳願意進房間跟我一起睡時，我可以幫妳想辦法。」

嗯……連薰予皺起了眉，整個人反而往後退縮，「我覺得你不懷好意喔。」

「保證沒有，我這是真實的慾望。」蘇皓靖毫不避諱，動手由上方抽過了她手裡的咖啡杯。

「欸欸，你幹嘛？」她看著他把咖啡放到杯架上，「我還沒喝……」

蘇皓靖直接朝她冰冷的唇啾了一下。

唔！連薰予有些措手不及，睜圓大眼眨呀眨的看著他。

「總是得好好找人對吧？」大手撫上她的臉頰，長指再伸入她的髮往後滑，扣住她的頭，那張俊美的臉近到她只瞧得見眼睫毛了。

而且，他是貼著她的唇說話。

「我……」她其實不知道該說些什麼，蘇皓靖便直接封住了她的唇。

今天他喝的是榛果拿鐵，舌間都是榛果的香氣，才剛被冰咖啡浸潤過的唇，轉眼間就被纏綿的吻激得炙熱。

有間商店的畫面突然掠過腦海，但是蘇皓靖輕咬著她的唇，她瞬間又失去了畫面，她……她沒有辦法專心。

「等等……我沒辦法專心感覺。」她急忙抵著他的胸膛，強迫他離開她的唇，「我剛看……」

蘇皓靖沒給她說話的時間，再次以吻封緘，熱情纏綿的毫不客氣。

窄小的前座空間，連薰予根本無處可躲，任自己被蘇皓靖圈著，直覺傳達的資訊她難以接收，或是接收了也無法穩定觀察，腦子一片混沌，滿滿的只有蘇皓靖。

路人經過車前，從超透明的擋風玻璃都能見到車內的激情旖旎，蘇皓靖當然不會在乎，他只專注於懷裡的女人。

漫長但甜美的吻終於漸緩，蘇皓靖還方興未艾的朝著她的頰畔吻去，連薰予整個人都滑坐下去了，滿臉通紅，心跳加速，迷濛的眼神向外望去看見的卻是在車前指指點點的路人。

「有人……喂！」連薰予羞到無地自容，輕輕捶打著蘇皓靖。

嗯？蘇皓靖懶洋洋的回頭看了眼，輕輕噢了一聲，一臉「所以呢」的模樣，絲毫沒要鬆手的意思。

連薰予才發現她整個人都被他圈著，他是欺身壓在她身上的。

她羞赧的不敢看外頭，只顧著邊躲進他懷裡又邊推著他，走開啦！

「妳管別人怎麼看，我們是情人，熱吻又不犯法？嗯？」蘇皓靖再度回頭，朝著外頭觀望的阿桑們劃上一個令人心花怒放的笑容。

他的大方搭配顏值，讓阿桑們咯咯笑了起來，大笑著離開，邊走還不停回頭望，眼神中寫滿了，年輕真好。

連薰予終於趁機推開他，趕緊坐直身子，她連頸子都紅透了，趕緊理順頭髮，感受著心跳的疾速，抽起冰咖啡來穩定心神。

然而，隔壁的傢伙心情可好了，不但哼起歌來，順道還開始挑選音樂。

連薰予咬著吸管，沒來由的火大，「你好煩。」

「嘖嘖，接吻後不該這樣說的，妳可以說說妳剛很享受，或是我很會接吻之類的。」

蘇皓靖臉上洋溢著光芒，笑容在嘴角化不開，「也可以說期待我其他的長才？」

「煩耶！」越說她越尷尬，使勁推了他一把，「說那些有的沒的……唉！你吻超久，結果我什麼都沒感覺到。」

懊惱的咬著唇，殊不知激吻過後的唇晶亮紅潤，這舉動反而讓蘇皓靖看得心癢難耐……唉唉，活生生的誘惑，然後眼眸又如此嬌羞，這讓幾個人把持得住啊？

冷不防的俯身湊前，從下方硬是朝上偷香了一下。

喝！連薰予被嚇了一跳，「蘇皓靖！」

「哈哈哈！」蘇皓靖放聲大笑，「好好，走嘍走嘍！」

只見長指一滑，導航已經決定了下一個目標，阿春芋冰城。

「為什麼……你知道了？」連薰予有點詫異，她剛剛有看到什麼嗎？

「我們都吻得這麼認真了，怎麼可能沒見到？」越深的接觸，彼此的第六感就會大量增幅啊，「大概的方向我都抓到了，妳沒感受到什麼嗎？」

唔……連薰予一時語塞，再度漲紅了臉，她剛剛就、就……就只有……天哪！

低首蹙眉再猛喝了好幾口咖啡，跟他接吻時的確有大量的資訊進來，但是她的大腦沒辦法處理那些資訊，感官凌駕了思考能力。

「所以嘍，我就說是可以關閉的。」蘇皓靖調侃般的朗聲大笑，「晚上睡不著時，可以大方的來找我，對於讓妳整夜都無法思考的本事我還是有一點的——」

「蘇皓靖！開車啦！」她尖叫著要他閉嘴。

「我不是正在開？」他打趣的瞅著她說，連薰予羞得覺得自己頭頂都要冒煙了！煩死了！她氣得直接別過頭去，拉起安全帶繫上，正眼都不瞧他一眼；蘇皓靖樂在這種「調戲」的氛圍中，很喜歡她那種羞赧到不知所措的模樣。

接吻中他也沒錯過所有感受，大概就是一直往西走，然後找一間有賣芋冰的，招牌是俗豔的黃底紅字，還得有一件花圍裙。

第八章

再興是個小城市，還算是熱鬧，尤其車站附近有不少商店，連薰予平復下來後也開始覺得方向沒錯，經過的街道剛剛似乎都曾掠過腦中。

「好像快到了。」她喃喃說著，這也是直覺。

「嗯，黃底的——芋冰城。」車子緩緩停在了一間冰店前，黃底紅字，俗豔得顯眼，桌上滿尖的蜜芋頭看得令人口水直流。

這時間沒有幾個客人，老闆娘瞧見店前有人停車，連忙探頭而出打著招呼，「吃冰？冰豆花也有喔。」

她開心的用圍裙擦著手走出來時，連薰予看著那件碎花斑斕的圍裙，頓時亮了雙眸。

就是她！

兩個人即刻下車，蘇皓靖第一件事是叫碗冰在這吃，老闆娘開心的進去刨冰，一邊推薦他們豆花也不錯啊，兩個人可以點兩樣，吃得比較豐富。

連薰予看著舀配料的她，彷彿看見了她在切水果的模樣，身邊是另一個長髮女孩，女孩總親暱的叫著她……

「阿春？」

嗯？老闆娘回頭，「啊？」

「妳是阿春對吧？」連薰予禮貌的問著。

「嘿呀，我店名就叫阿春啊，用我的小名取的！」老闆娘笑著，其實仔細看，她年紀不大。

「很愛喝紅茶，除了阿春外，大家還喜歡叫妳蜜香紅茶吧？」蘇皓靖靠近料台邊，果然在後頭瞧見了一瓶罐裝飲料，正是紅茶。

阿春有點覺得怪了，「厚……厚厚，你們是誰？」

「是劉乃瑄的朋友。」連薰予立即搬出了趙逸豐前妻的名字，「應該說是跟亞帆認識，想來了解關於她媽媽的事情。」

聽見劉乃瑄的名字時，老闆娘明顯頓了一下，神色極度不自然。

「算了啦，忘了就忘了！」她擰起眉，「那是好事，這麼小的孩子……」

沒有抵觸感，蘇皓靖悠哉的踅回桌邊，感覺暫時不需要他使出美男計了。

「我們其實不是想知道那天的事，是再更早之前……」連薰予循序漸進的說著，「像劉乃瑄在懷孕時，有沒有什麼狀況？或是不對勁的事，曾跟妳提過？」

老闆娘端著冰走了出來，再踅回裡頭裝豆花。

「你們……怎麼找到我的？」老闆娘狐疑的打量著他們，「當初乃瑄死的時候，也沒人來問過我啊！」

「呃……」連薰予遲疑著，這要怎麼解釋？劉乃瑄出事時，居然沒人問過她？

「如果說，」蘇皓靖直接舀了一匙冰，「是劉乃瑄希望我們來找妳的呢？」

哐啷啷，撈豆花的平杓落進了豆花裡，發出聲響，老闆娘臉色蒼白的看向蘇皓靖，浮現驚恐之情。

「什麼叫劉乃瑄說的？」她縮了手，拚命的往圍裙上擦，「她都已經、已經……」

「為了亞帆，她希望我們能了解她當年歷經的事。」連薰予鄭重的說著。「她還沒辦法安息。」

雖然是胡謅，但連薰予知道劉乃瑄的確還在，雖然不能保證她到底在哪裡，但也不能斷定胎神不是她殺的。

老闆娘立即哭出聲，她轉過去背對他們兩人，拚命抽著衛生紙抹淚，平息一陣子後才重新洗手，舀好豆花後，送上桌。

連薰予跟著她走到桌邊，蘇皓靖已經為她放好了椅子。

「放輕鬆，只是想知道那時劉乃瑄為什麼會憂鬱而已。」蘇皓靖露出笑容，希望能讓老闆娘輕鬆些。

老闆娘坐在桌子側邊，連薰予與蘇皓靖則面對面，她正盯著被吃掉大半的冰，眼神裡流露著抱怨，芋頭都要被挖完了。

「我跟乃瑄是國中同學，雖然分住兩地，但還是一直有在聯絡……不過我結婚後開了這間冰店很忙，沒辦法跟她用通訊軟體，所以幾乎都是打電話，可能因為這樣很多人不知道我們有聯絡。」老闆娘終於緩緩出聲，「一開始她嫁給趙逸豐時，我們都覺得他是個上進的好青年，他真的很拚啦，但是事業起飛時乃瑄剛好懷第二胎，然後那傢伙只顧事業，都沒在管乃瑄！」

「這點倒是吻合，趙逸豐也一直很懊悔，當年沒有多放心思在劉乃瑄身上。」連薰予順便表達出趙逸豐的後悔。

「什麼叫沒多放心思？是根本沒放過！你們知道他幾天沒回家都是正常，一大早出門，半夜回家更是司空見慣，乃瑄雖是第二胎但也會不舒服、也會慌張，後來半夜打給我說害怕，或是半夜不舒服自己一個人叫計程車去醫院打點滴，還得帶著女兒……那時趙逸豐在幹嘛？喝酒！應酬！」老闆娘越說越激動，氣不打一處來，「對啦，男人在拚事業要忍，拚事業也是為了這個家啊，乃瑄就是這麼說，也不敢吵他，就算後來出了事也都沒敢說！」

「出什麼事？」蘇皓靖抓到了關鍵字，「而且不是有孩子在？她半夜害怕什麼？這就是憂鬱症嗎？」

「唉！就……」老闆娘慎重其事，「乃瑄說她覺得家裡有別人。」

咦！連薰予立即看向蘇皓靖，跟涂靜媛的情況一樣。

「可以都說給我們聽嗎？她所有感受到詭異的事，」連薰予溫柔有力的握住老闆娘的手，因為她可以感受得到……老闆娘也害怕。

「事情是真的太古怪了，說有人移動東西，或是跑來跑去，然後帆帆有說看到有別人在家！但我不確定乃瑄是幻覺，還是真的有……那個。」

事情開始是某個悠哉的假日午後，趙逸豐照慣例不在家，劉乃瑄則坐在沙發上看電視，在房間玩玩具的亞帆跑出來撒嬌的問她：她可不可以跟那個哥哥玩？

劉乃瑄當下愣住，問著哪個哥哥，亞帆回首指著玩具間的方向說：那、個哥哥。

劉乃瑄覺得心裡一陣涼，雖然聽過孩子都有幻想的朋友，但真實聽見時還是覺得不舒服，於是搖搖頭說不可以，暫時沒有戳破孩子的幻想，選擇先帶她出去繞繞。

只是她才回房間拿個錢包，剛剛茶几上的杯子就摔碎了，她衝出來時看見亞帆站在茶几邊，氣急敗壞的衝過去罵人，那時孩子哭著說不是她，她是要阻止那個男孩這麼做。

但劉乃瑄沒有聽進去，誰都不必出去玩了，亞帆被罰跪，不承認就不許起來，接著她花了好長時間仔細把碎片掃乾淨；可到最後亞帆都沒承認，劉乃瑄氣得要命，打電話給她說，孩子才幾歲就說謊。

那天晚上，她洗澡時燈光被關掉，她嚇得差點打滑，出來也罵了亞帆，她認為是孩子報復被懲罰的事，但趙亞帆又否認，但這次劉乃瑄忍無可忍的打了她。

「不過這只是開端，東西換了位置，沒煮飯瓦斯卻被打開，常有意外害她絆倒，或是沒收妥的美工刀差點刺進她大腿這些瑣事……讓她開始害怕。」老闆娘得喘口氣，她決定進去為自己倒杯水，「她每次一發生事情就會打來，我這是遠水救不了近火啊！」

她默默倒了水，回想起那時，其實老闆娘心中多少有些自責。

「趙逸豐都沒管嗎？有的事聽起來很糟啊。」基本上這些情況以懷孕來說很嚴重，蘇皓靖還真看不出來趙逸豐會如此忽視。

「她覺得自己可能太累，或是懷孕時幻想，一直到……有一天她午睡痛醒，發現肚皮上有一道道的割痕時才崩潰！」老闆娘走出的步伐蹣跚，「她說衣服上都是血，她掀開睡衣，肚皮上被劃了好幾刀。」

「不會是夢遊吧？」連薰予突然想到這點，自殘？

「才不會！誰會這樣？那天乃瑄嚇死了，她打給趙逸豐求救，結果——」老闆娘深吸了一口氣，杯子重重放上桌，「他沒接電話！那傢伙說在開一個重要的會議，連 LINE 都不看，就讓乃瑄一個人嚇得躲在衣櫃裡哭到半夜。」

那天，可以說是劉乃瑄的崩潰日，一直到深夜一點多趙逸豐回家才發現異狀，孩子臉上掛著淚，直接睡在地板上、在衣櫃裡發現身上帶血的老婆；肚皮上的傷並不重，就只是割傷，連縫合都不需要，但趙逸豐找遍了屋子，卻沒有看到任何帶血的兇器。

「後來乃瑄精神狀況就不好了，她變得疑神疑鬼，動不動就說東西被換位置了，有人要傷害她，又說曾接到無來電顯示的電話，聽見一個沙啞的聲音對她說：『不許妳生下他。』待在家裡時也會一直抱著亞帆，最後那……那個小小的女孩反而變成媽媽的保姆，變成她在照顧媽媽。」老闆娘重重嘆了一口氣，「亞帆真的很堅強，苦了那孩子。」

「等……等等，不對啊，為什麼是小孩子在照顧媽媽？」連薰予怎麼聽都覺得不對勁，「趙逸豐呢？」

「問得好！趙逸豐呢！工作工作！乃瑄都崩潰了他還是在工作！他認為乃瑄在無理取鬧，為了要他陪伴所以鬧出那麼多事！因為事發後他有陪她一星期，但那一週相安無事！」老闆娘提起趙逸豐明顯怒從中來，「就陪一個星期而已彷彿要他的命，只會交代乃瑄記得按時吃藥，振作，幫她去求了一堆安胎符啊什麼的，就權當安心了。」

求符！蘇皓靖即刻打斷，「去哪間廟？求什麼符？」

「不知道啦！反正求了也沒用，乃瑄後來真的越來越不正常，我還特地去看過她……我說不上來哪裡怪。」老闆娘搖了搖頭，「我拿藥給她吃，她都說那不是藥，是毒，說我在餵她吃毒藥……我後來只能把藥粉弄進別的東西裡讓她吃了。」

這樣子，聽起來又符合幻想啊，「所以她到底是真的看見了什麼？還是？」

「不知道，我去她家覺得很不舒服是真的，但我沒餵她毒藥，然後她說換位置的東西也是我擺的，尖叫著說有人監視她，帶我去看也不過是玩偶……模型？」老闆甩手比了個姿勢，「布袋戲尪仔。」

一瞬間有個惡毒的眼光瞪了過來，連薰予倏地回身，對面的蘇皓靖整個人站了起來。他們的動作讓老闆娘嚇到了，她狐疑的看向這一對男女，「怎……怎麼樣？」

「布袋戲尪仔啊，」蘇皓靖嚴肅的說著，「妳是說布袋戲偶？」

「對啊！很大的布袋戲偶。」老闆娘比劃出一個五十公分高的長度，「非常漂亮。」懷孕的禁忌之一，家裡不該放有布袋戲偶，因為戲偶的身體是中空的，生下來的小孩會沒有骨頭或軟骨，另有一種說法是，看了布袋戲或鬼怪片，寶寶的長相會變醜。

但還有最後一種說法：中空的戲偶裡，可以讓任何東西憑附。

「我沒看到他家有任何布袋戲偶，沒有！」連薰予回憶著趙逸豐家的一切，「我只有小孩的玩具間沒進去過，但妳說的是精美高價的戲偶，不太可能擺在小孩房間裡。」

「有啦，就劉乃瑄走之後收起來了。」老闆娘斬釘截鐵的說，「趙逸豐有一整箱，寶貝著呢，戲偶還能舞刀弄劍，乃瑄一直說它們要殺她啦！」

※　※　※

「哇——」亞帆趴在箱子邊，雙眼亮著驚呼出聲，「好漂亮喔！」

趙逸豐拿出布袋戲偶，很美吧！

一口大箱子裡頭，整齊的擺放了一尊又一尊的布袋戲偶，每尊都用氣泡紙層層包裹完善，連擱在箱子裡的都還有用厚泡棉相隔。

趙逸豐拿出一尊穿著雪氅的戲偶，英姿颯爽，手持著刀戟，從衣著到裝飾都精細得令人咋舌。

「漂亮吧！」趙逸豐將手伸入戲偶裡，做了一個揮刀的動作。

「漂亮！」亞帆伸出手，「爸爸，我也想玩！」

趙逸豐連忙收手，把戲偶拿得老高，「不行，這都是爸爸的寶貝，妳不能碰！」

「……咦？就玩一下下！」孩子央求著。

「這很貴，不是妳的芭比娃娃，不行的！」趙逸豐嚴正拒絕加警告，「妳完全不能碰，這要是碰壞就再也買不到了！」

趙亞帆咬了咬唇，眼神流露出渴望，但也感覺得到爸爸的認真，她只能趴在箱口瞧著裡頭的戲偶，正面對她的有尊女性戲偶，美豔得讓人陶醉。

「你還特地把它們搬來？」房間裡走出大腹便便的涂靜媛，搬來這裡後，她好了許多，「我記得這很重啊！」

「把它們擺在家裡我不放心。」趙逸豐仔細梳理戲偶的頭髮與衣服，準備找個位置擺上。

其實他是想說：難得有新的地方能讓他擺放戲偶……自從乃瑄走之後，他就不太想在那個家裡擺放這些，怕觸景傷情。

而這個暫住的短租套房，至少還要住上兩到三個月，想著有機會就搬過來擺，讓戲偶透透氣。

「媽媽，那個娃娃好漂亮。」亞帆跑到沙發去找涂靜媛，她正打開電視看著。

「那是你爸的寶貝，可不能碰。」涂靜媛微笑著，努力把身體調整成舒服的姿勢，「……欸，亞帆，去幫媽媽拿水來好不好？」

「好！」乖巧懂事的亞帆爬下沙發，立即跑回房間要幫媽媽拿水杯。

只是下沙發前，她忍不住又看了眼薄睡衣下的肚皮，肚皮裡有東西在蠕動著，或是那張可怕的臉皺起五官，在衣下起伏。

她僵硬的別過頭，朝房間走去。

「這裡好像不錯。」趙逸豐有感而發，將戲偶放好，「妳搬來這兒都沒作惡夢或是看見什麼了？」

「……是啊。」涂靜媛咬了咬唇，「逸豐，我們搬家好不好？」

她軟軟的說著，她真心覺得原本的屋子有問題，劉乃瑄沒有離開，所以她意圖對她不軌，重紹都跟她說了！

「事情都還不確定，先把孩子生下來再說。」趙逸豐沒有正面回答。

搬離那個他打拚出來的第一個家？他與乃瑄一起奮鬥的家？至少他們曾在那邊度過好幾年的快樂時光，搬離那邊，有種捨棄乃瑄的感覺。

雖然她已經不在了……但是他的記憶仍在。

「重紹說，害我不安寧的主因，殺掉胎神的，可能就、是、她。」涂靜媛略帶哽咽的說著，「她不能接受我取代她，所以想要……傷害我跟孩子！」

「不要胡言亂語，乃瑄不是那種人！」趙逸豐口吻變得嚴峻，「我能接受屋子有問題，但那不會是乃瑄！」

「不會是？那不然還會有誰會針對我？我從沒招惹過誰，之前幾個月也都好好的啊！」涂靜媛心裡可不平了，抬起頭就拉高了音調。

站在房門口的女孩正捧著杯子，不太敢踏出去……她知道這個氛圍，爸爸媽媽的聲音都變大了，他們在生氣，要吵架了！

從媽媽有弟弟開始，就變得容易生氣，跟爸爸也會吵架，但她都很乖，沒有讓媽媽不舒服；但最近家裡變得很奇怪，媽媽都會誤會她、罵她，然後就搬到這裡來……

她不喜歡爸爸媽媽吵架，真的！可是……咚。

一個敲擊聲讓亞帆嚇得回首，房間的落地窗玻璃外，隱約站著一個人影……她張大了嘴巴，嚇得差點沒滑掉手裡的杯子。

「媽媽！」不顧外面劍拔弩張的氣氛，趙亞帆焦急的跑了出來。

這廂才罵到「所以你覺得我比你前妻更無理取鬧？」就被奔出的女孩硬生生打斷，涂靜媛意識到不該在孩子面前提起前妻，因為在這個可憐女孩的心裡，她就是她的媽媽，沒有別人！

是因為這樣嗎？涂靜媛看著送水到她手上的乖巧女孩，忍不住摸摸她的頭，這個女孩把她當親生媽媽……所以真正的媽媽更不爽了？

但是她不懂，跟趙逸豐結婚到懷孕，生活如此順遂，真的就因為她想做件孩子的衣服，拿針拿剪刀，釘根釘子掛牆上的照片，就能讓劉乃瑄傷害她嗎？

重紹說，胎神被殺了，她聽了直發抖，連胎神都能殺掉是什麼力量？或者說——什麼怨恨？

「謝謝！亞帆好棒！」涂靜媛說得言不由衷。

「媽媽……外面有人！」亞帆緊張兮兮的縮起身子，往涂靜媛身邊黏。

什麼？涂靜媛立刻看向女孩指著的落地窗外，連正在拆第二隻戲偶的趙逸豐都站了起來。

「哪個外面？」

「那裡！」亞帆把頭埋進了母親的臂膀裡，顫抖的指著。

簾子遮著落地窗，現在是傍晚時分，這是間有陽台的屋子，趙逸豐去查過所謂「凶宅」的報導，有個女孩在這裡享受燭光晚餐，結果卻失足跌落；他讓涂靜媛別去查，那天那位陸小姐和祈和宮的法師來過，確認這裡非常乾淨，他們就不要想太多了。

但是現在有人是什麼意思？趙逸豐二話不說，唰的打開簾子，引來涂靜媛一陣尖叫。

「呀——你幹嘛！」她緊緊抱住亞帆，「幹嘛不說一聲就拉開！」

外頭的陽台上什麼都沒有，趙逸豐準備打開鎖，親自到外面巡一遍，涂靜媛簡直不敢相信，倒抽一口氣。

「趙逸豐！不許你開！」她吃力的滑下沙發，「你做什麼啊你！」

趙逸豐一臉莫名其妙，回頭看著老婆，「我要看一下外面是不是真的有躲藏什麼啊？」

「如果有呢？你這一開他不就進來了嗎？」涂靜媛又氣又急，「你不許開喔，萬一是、是她的話……」

趙逸豐終於受不了了，回頭就開罵，「絕對不會是乃瑄！她很愛孩子，她才不會做傷天害理的事！」

「她愛的是她的孩子，不是我的孩子！」涂靜媛尖叫著，歇斯底里的對嗆，直接撲向趙逸豐把他推開，「不許你開這個門！」

蹲在沙發邊的女孩嚇得直打哆嗦，她掩住雙耳，把自己縮成一團。

「成日疑神疑鬼的，都已經搬來這裡了，人家仙姑也都說這裡沒有鬼！沒有鬼！」趙逸豐氣得踹茶几踹沙發，亞帆被每一聲的踹動嚇得打顫，不停的往沙發後面躲去。

「我們家本來也沒有啊，如果是她跟過來了怎麼辦？」涂靜媛慌亂的拉起簾子，卻因為整個人太混亂一直拉不上，「亞帆！來幫媽媽！」

女孩站了起來，卻完全不敢往前跨一步，涂靜媛急得回頭叫她，卻發現女孩越過了她，看向落地窗外……看向……

「亞帆？」涂靜媛問著，卻沒注意到自己的聲音也在顫抖。

「我不要……我不敢……」她哭了起來，全身抖個不停。

嚥了口口水，她選擇看向客廳、看著趙逸豐的背影，伸長手將簾子往自己這邊拉，拉起來就沒事了，對！眼不見為淨就是這個意思對吧？

可是，是不是從這一刻開始，她就會知道外面有個什麼在偷窺她？

終於拉起了簾子，涂靜媛從頭到尾都是背對著陽台，趙亞帆站在原地全身發抖，淚水不停的往下掉。

「是那個……男生嗎？」涂靜媛舉步維艱的走向孩子，小小聲的問。

如果是的話，她反而會鬆了一口氣，因為那表示不是趙逸豐的前妻。

趙亞帆僵硬著身子，看著蹲在面前的媽媽，頭又往旁撇了幾度，越過她看向落地窗的方向……簾子是拉起的，但隨著電風扇的吹動，簾角總會咻的揭起一小角……

她最終搖了搖頭。

「濕答答的，一雙腳……」她小小聲的說著，「是個阿姨……」

「亞帆！」趙逸豐突然爆怒的大吼，這嚇得女孩魂飛魄散，「妳在胡說些什麼！」

「哇——」亞帆整個人嚇得撲進了涂靜媛懷裡，她趕緊抱住孩子，「哇哇……」

「你幹什麼！嚇她幹嘛！」涂靜媛氣得怒吼，「不哭，亞帆，不哭！」

「胡說八道，我就什麼都沒看見！」趙逸豐可真怒了，走過來二話不說拽過亞帆的小手臂，「看爸爸，妳老實說，是不是說謊！」

趙亞帆整個人驚慌失措，眼神裡盈滿恐懼，「我沒有……我沒有啊——」

「你放開她，亞帆會不會說謊你不知道？」涂靜媛把女兒搶了回來，「孩子最純真，容易看到那些東西，我們家有問題，也是亞帆先看到的！」

「……好，在我們家的是個男孩對吧？」趙逸豐兇狠的瞪著亞帆，「現在呢？那個男孩在哪裡？」

趙亞帆委屈的看著父親，嗚哇一聲的就放聲大哭，「我不知道……我沒有說謊啊，我沒有說謊！」

她可憐兮兮、含糊不清的喊著，一聲聲一字字都盈滿委屈與痛苦，嗚哇的嚎啕大哭。

「不要再說什麼男孩了！是她，就是她！」涂靜媛也崩潰的哭喊起來，「濕漉漉還能有誰？」

「妳夠了喔！涂靜媛！」

※　※　※

電梯門開啟，男人拎著麵走出，從腳步聲都能聽出他的疲累，今天是沒有什麼大事，就是去倒垃圾時，子母車裡躲了一個亡靈，他掀蓋時差點沒把他嚇得屁滾尿流。

看起來也只是躲在那裡而已，邊緣鬼類型，但是他不想管，多看一眼就怕它們會跟過來；一般他也只有運勢低時比較容易看到……嗯，但是他每天運勢都很低。

「嗚……嗚……」

準備開門時，他突然聽見了低泣聲。阿瑋退後幾步，朝著他這棟樓的昏暗樓梯間看去，聲音來自樓上。

一般搭電梯的活人都不會走樓梯，所以他們這棟樓的樓梯等於大型雜物間，哪天要是失火一定慘烈，但這種話跟鄰居講可能會被揍死在路邊，他只能祈禱萬一有那一天，自己能逃出生天就好了。

夜晚黑暗樓梯間一般他不會上去，因為樓道裡通常……嗯，有很多黏著的地縛靈，他這麼特殊的人走過去，會頓時化身成萬磁王，即使現在他有「室友」在，還是要小心一點。

偷偷的往樓上瞥了眼，深怕自己聽錯了什麼，但哭聲明顯的傳來，不是哭，是一種委屈的啜泣，還有強忍著不敢哭出聲的感覺。

「哈囉？」他一定是白痴，為什麼要打招呼？

啜泣聲停了，卻變成哭聲，「嗚……阿瑋哥哥！」

啊咧！阿瑋一愣，是亞帆！對啊，他們現在住在他家樓上啊！阿瑋二話不說的衝上樓，不管黏在牆上的那幾位，果然在樓梯口見到了哭成淚人兒的趙亞帆！

「為什麼妳在這裡？」這裡待不得啊！阿瑋緊張的左顧右盼，幸好沒有亡者在她附近，「妳爸媽呢？」

「吵架……他們在吵架……」

阿瑋拉起她往家的方向走，果然才打開逃生梯的門，就能聽見裡頭傳來的咆哮聲……孕婦吵架好嗎？仔細看連門都沒關上，他們根本不知道亞帆已經跑出來了吧！

「對不起！」阿瑋拉開嗓門，敲了敲門，「我是阿瑋！」

爭吵聲驟停，急促的腳步聲傳來，開門的是趙逸豐，他還在喘著氣，看起來正值盛怒，先是看到阿瑋，再看到他牽著的亞帆，不由得一愣。

「亞帆？妳怎麼出去了？」他趕緊把女孩拉過來。

「我不要！」亞帆突然反抗似的抱住阿瑋，「我不要回家！我沒有說謊！」

嘖，阿瑋看著趙逸豐，這對父母果然不知道孩子跑出家門了，會不會太扯？往屋子裡瞧也沒看見涂靜媛，但剛剛的確是聽見她的咆哮聲。

「你們吵架？孕婦情緒激動對孩子不好。」阿瑋勸說著，「吵到連亞帆跑出家門都不知道？萬一出事怎麼辦？」

「我們就……亞帆，過來，妳怎麼可以亂跑出去呢？」趙逸豐才伸出手，亞帆立刻躲到阿瑋身後去。

「我不要回家，阿瑋哥哥，我跟你回家。」

「啊？」阿瑋回頭，相當驚愕，「不是啊，我一個宅男的家……」

趙亞帆抱著他的手更緊了，抗拒感異常強烈。

「靜媛姐還好嗎？」阿瑋刻意朝裡頭喊著，卻不見人影。

幾秒後才傳來點哽咽聲，「我還好！抱歉，讓你看笑話了！」

「不會啦，生氣對孩子跟妳都不好。」阿瑋朗聲勸說，接著低聲問向趙逸豐，到底怎麼回事？

趙逸豐無奈的交代了事情始末，當然是從他的角度，所以一邊說屋內就會傳來反駁與怒罵聲，差一點又上演下一輪的爭吵，還虧阿瑋居中協調，最後暫時休戰，但小女孩十分抗拒回家，連涂靜媛帶著紅腫的眼出來，都被拒絕了。

最後，阿瑋只好帶她回他家。

※　※　※

「你讓亞帆住你家？」電話那頭的連薰予都快尖叫了，「你室友怎麼辦？」

『它沒出現耶！好像知道不能嚇到小孩子，而且亞帆也都沒說什麼，她已經睡了。』阿瑋待在客廳，壓低了聲音說著，『好像什麼都沒看見。』

車內的連薰予心頭一陣涼的看向蘇皓靖，他皺著眉，「到底是發生什麼事，要把亞帆帶進有鬼室友的家啊？」

「她不願意回家，覺得委屈了。」連薰予搖了搖頭，但她確沒感受到什麼危險，「所以到底怎麼了？」

『亞帆看見陽台上有人，趙逸豐不信，覺得都換地方了不要疑神疑鬼，涂靜媛又跟他大吵起來！因為亞帆看見的是全身濕透的女人，不是之前那個小男孩，所以靜媛姐認定是趙逸豐的……嗯。』阿瑋邊說邊回頭看向房間，很怕被小孩聽見，『但趙逸豐認定他的EX是善良的女人，才不會做這種事，說涂靜媛不能隨便誣衊……然後又罵亞帆說謊。』

連薰予忍不住扶額，「可以再亂一點……趙逸豐在做什麼？這是刺激孕婦的時候嗎？涂靜媛如何？」

『不好啊，哭得亂七八糟。』阿瑋跟著嘆口氣，『應該都冷靜下來了，總之亞帆今晚睡我這裡，明天早上我還是得送回去。』

一個左轉，蘇皓靖轉過去後靠邊停下。

「他有感覺到什麼嗎？或他室友。」他問著，聲音輕易傳遞到電話那一頭。

『……沒有啊，我什麼都沒感覺到！』阿瑋掩嘴低語，『陸姐不是說很乾淨嗎？我室友也說都沒有啊！』

「那是之前，現在呢？今天呢？亞帆不是說看見……」

『我沒看見，也沒覺得不對，到現在也沒人叫我踩鹽巴。』阿瑋邊說，一邊看向自家廚房，餐桌有個位置是室友專屬，今夜卻異常安靜。

連薰予有些焦急，直覺現在沒有帶給她什麼訊息，「我們在回去的路上了，我問你一件事，之前在他們家你有看過任何布袋戲人偶嗎？」

嗯？阿瑋錯愕的蹙眉，怎麼話題莫名其妙跑到布袋戲偶上了？

『你是說那個貴森森、一尊要我半年薪水的精細型人偶嗎？』阿瑋說得很清楚，從擴音裡都能聽出絕對知道，而且可能想買很久卻買不起！

「對，有見過嗎？我跟小薰那天去的時候沒注意。」蘇皓靖不住笑了起來。

『沒有吧？有我還會沒注意到？那高檔貨耶！』阿瑋嚷嚷著，『我之前查過一尊，限量版的一隻……』

雪白的大氅，帥氣的衣服，銀線織進布裡，手裡拿著攴戰天戟，憂鬱的面容卻帶著英氣，他怎麼突然覺得在哪裡看過？

啊咧，今天在門口跟趙逸豐說話時，他正後方是不是就立了一隻？

「阿瑋？」連薰予喚著，這沉默不尋常，「你看到了。」

『對，靠，那是極品限量版，當初發售時才一百尊！』阿瑋驚為天人，『我剛看見他們家有一隻……我明天一定要近距離觀賞！』

蘇皓靖不可思議的與連薰予對望，「說你家樓上那個暫租屋？在裡面看到布袋戲偶？」

『對！對！他放在櫃子上！哇……』阿瑋仍陷在極品限量的驚嘆與羨慕裡！

到底是誰會特意把布袋戲偶帶到短租處啊！

「我們現在去你家！」蘇皓靖突然出聲，「回頭見。」

『現……現在？』阿瑋才莫名其妙，現在過來幹什麼啦，都已經一點了耶！

他在那邊喂，結果手機已經掛掉了，電話那頭的車子仍在發動狀態，但蘇皓靖卻遲遲沒踩下油門。

「要出事了！」連薰予一聽見阿瑋看見布袋戲偶就反胃，「快點！」

「再等一下。」蘇皓靖慎重的說著，手緊握著方向盤，「我也感覺到今晚會出事，但是我們如果不閃躲，等等會塞在路……上。」

說著，一輛寶藍色轎車呼嘯而過，連薰予聽見改裝車的巨大排氣管聲響，然後看見了同樣一輛車在某輛卡車下全扁的畫面……有一隻雪白的斷手躺在路上，手裡尚捏著菸。

要避開他們，才不至於塞車……蘇皓靖再一次比她更早感應到。

第六感有時就是這麼清楚強烈，讓他們知道前方的危險，但那一車人的命，他們無法拯救。

要救，只能從親近的人開始。

※　※　※

「阿瑋哥哥。」

「哇啊！」阿瑋差點摔了電話，嚇得跳起來，回身看著不知何時站在他身後的亞帆，「妳、妳、妳還沒睡喔！」

亞帆一臉受驚的模樣，哽咽的看著阿瑋，「我有一件事，覺得……覺得很可怕！」

阿瑋緊張的倒抽一口氣，「呃，妳看到了嗎？我跟妳說，那個是哥哥的室友，它不會害人，它只是……」

「媽媽的肚子裡，有很可怕的東西！」亞帆咬著唇，跟著又抽抽噎噎，「弟弟很可怕，他的臉好大好大，然後在肚子裡面要衝出來的樣子！」
阿瑋話哽住了，一時疑惑不已，「啊？」
「媽媽肚子裡，是不是有妖怪啊？」

※　※　※

喀。
精緻的木箱緩緩往上開了一條縫，一雙眼睛在裡頭搜巡著，背景是昏暗的客廳與沉重的鼾聲。
僵硬的手再度向上抬舉，一尊女性的布袋戲偶從箱子縫隙裡鑽了出來。
她手持關刀，輕鬆的跳下箱子；趙逸豐躺在沙發上呼呼大睡，戲偶沒有理會他，逕朝房間而去；門未緊鎖，人偶一推就開了，閃身進入房間裡時，涂靜媛正挺著肚子躺在床上沉睡。
呼吸均勻，氣息平穩，但臉上掛著淚痕表示她是在哭泣中睡去，而身邊放了一堆護身符。
戲偶冷冷笑著，一躍翻身上了床。

跳躍著逼近了肚子，涂靜媛的肚皮又開始扭動，肚皮底下似有東西即將衝出，浮現了一張猙獰的臉孔。

『馬上。』戲偶高舉起鬮刀，『就放你出來。』

剎——

「呀——」

第九章

趙逸豐被尖叫聲驚得直接跳起，衝向妻子房間，涂靜媛重重的跌坐在地，用力護著肚子，卻疼得縮起身。

「怎麼了？怎麼摔下來了？」趙逸豐彎身要扶起愛妻，卻注意到她的手上有血，「妳受傷了？」

肚子上怎麼會流血？來不及問些什麼，電鈴聲突然大作，兩人都嚇了一跳。

砰砰砰砰，伴隨著激動的拍門聲，「趙逸豐！趙先生——」

聽得出是阿瑋的聲音，趙逸豐略放鬆了些，抱不起涂靜媛的他只能先把她扶起來坐著，涂靜媛無力的靠在牆邊，又開始宮縮，她疼得縮起身子，抬頭一看，卻恰巧與櫃子上那尊戲偶四目相交……

那尊戲偶原本該是面對著門口的，此時卻緩緩的，喀喀喀的轉了過來……

「阿瑋？是亞帆出事了嗎？」趙逸豐慌張的開門，阿瑋立刻越過他，看見後頭櫃子上，那後頭高舉起戰戟的戲偶。

「住手！」他二話不說撞開趙逸豐，直接衝了進去。

躍起的戲偶將戰戟的尖端對準涂靜媛的肚子，坐在地上的孕婦早就傻了，連尖叫都忘記。

啪！阿瑋滑壘達陣，直接打飛那尊戲偶，戲偶撞上沙發腳再落地，物品破碎音讓趙逸豐的心都揪起來了！

「你做什麼啊！」趙逸豐氣急敗壞的咆哮，「為什麼打我的戲偶！」

趙亞帆躲在門邊不敢進來，此時電梯聲響，匆忙奔出的是蘇皓靖與連薰予。

「那個要傷害你老婆啊！」阿瑋雙臂開展，護著涂靜媛，看著趴在地上裝死的戲偶，「它打算拿手上的武器刺她肚子耶！」

才說著，阿瑋眼尾餘光瞄到了涂靜媛染血的睡衣，跟著一怔，靜媛姐受傷了？

蘇皓靖一進來就打了個寒顫，身後的連薰予跟著哆嗦，她趕緊將趙亞帆帶進家裡，他們之前來過這裡，樓梯間不少徘徊不去的亡者，沒事不要逗留比較好，兩人趕緊關上門。

「離開那邊！」蘇皓靖立即朝阿瑋過去，涂靜媛身旁的房間不對勁！

「靜媛為什麼受傷了？」趙逸豐還在狀況外，往前踏出步伐。

幾乎就在同時，趴在地上的那尊戲偶驀地一躍而起，翻身跳起時臉上還掉落一片碎片，而涂靜媛房間裡的女戲偶跟著走出，朝著阿瑋撐在地面的手就是一刀！

「哇！」刺痛感嚇著了阿瑋，他回頭看見布袋戲偶時錯愕兩秒，接著手背血流如注！這是真刀？

阿瑋嚇得趕緊要扶起涂靜媛，但戲偶二話不說，直接朝著涂靜媛腳底板戳了進去。

「呀——」刀子刺穿了她的腳掌，涂靜媛發出尖銳的慘叫聲。

連薰予從沙發上抽起趙逸豐剛蓋著的毛毯與枕頭，直接丟給了蘇皓靖，他用枕頭擋下也衝向涂靜媛的男戲偶，同時一腳踹向女戲偶……不過女戲偶靈巧的躲閃，甚至輕鬆躍起，它們彷彿可以踩踏空氣似的，抓住了門上的掛簾，幾乎與阿瑋一般高。

戲偶的臉依然是那樣的俊美，但殺氣騰騰，掄起刀子就又要往涂靜媛撲去。

蘇皓靖拿靠枕擋下，可戲偶竟拿腳蹬向靠枕，眨眼間翻過了靠枕，不客氣的朝蘇皓靖手戳下……但他早有感應，登時鬆開手，讓戲偶撲了個空，一起與靠枕落地。

趙逸豐完全傻在原地，連薰予撞開他，請他不要擋路後，以手上的毛毯圈成布圈，再度把奮起的男戲偶套起來便往廚房裡拋，接著立刻上前接過連站都站不穩的涂靜媛往沙發上放。

「你就守著沙發！」連薰予邊喊，一邊回身把沙發推向茶几，盡量不要有太多空隙！「阿瑋，交給你了！」

右手肘外側血流如注的阿瑋抽起衛生紙壓著傷口，他不知道現在布袋戲偶上的刀會這麼鋒利，簡直跟手術刀有得比，他都皮開肉綻了！

被遠拋出去的男戲偶全身碎裂，連手都斷了，但詭異的是持刀的那隻手就是不斷，跌斷了一隻腳也沒能阻礙它們的行動力，還能輕快的在各個物體間跳躍奔馳。

連薰予站到沙發背後，面對著即將過來的戲偶，他們都知道，這些戲偶的目標只有一個——剎，鮮血突然從連薰予身上湧出，她嚇得低下頭發現自己是個孕婦，肚皮上被亂割一通。

咦？再抬頭，哪還有什麼戲偶，她甚至不是在趙逸豐的暫住處，還是在他原本的家！

蘇皓靖也同時陷入第六感中，但他飛快的抓起衝向沙發的女戲偶，毫不閃躲的承受了她刺來的一擊……刀子穿過手掌，這戲偶的氣力不小，但痛楚徹底的把蘇皓靖拉回現實。

「趙逸豐，我要鐵鎚！亞帆，妳去廚房洗手槽裡蓄水！」蘇皓靖緊抓著女戲偶，她照樣用淺笑的面容抽刀，打算瘋狂的刺著蘇皓靖。

但他哪可能這麼做，就算再詭異，身材差這麼多，他怎麼可能輸一個布袋戲偶？也太弱了吧？他直接抓住女戲偶的腳，讓她倒吊著，僵硬的身子根本彎不了腰！

蘇皓靖同時上前一步，抽過連薰予手上的毛毯，準確的圈住不屈不撓撲來的男戲偶。

「連薰予！反制！」蘇皓靖大吼著，「妳不能陷在別人的情緒裡！」

啊啊……連薰予現在正痛得從房間裡跌跌撞撞的出來，她率先碰到的是餐桌，哭喊著丈夫的名字，逸豐……不對，逸豐不在家，所以她哭著喊救命。

她趴在地上，吃力的往外爬著，房間裡的小女孩睡眼惺忪的站在門口，一臉不明所以的看著母親；小女孩嚇得跑過來了，她哭著叫媽媽站起來，連薰予抓著餐桌椅子意圖站起，右手卻突然被孩子攫了住。

啊啊——連薰予朝旁邊看去，下一秒被使勁推倒，又莫名其妙的躺在了餐桌上，那個臉部是一個窟窿的女孩爬了上來，左手按著她的肚子……來了，來了！她知道這是什麼，那天她就是這樣被制住後剖開肚子的！

啪！連薰予伸出了手，抓住了女孩的右手。

「為什麼這個孩子不能生？妳是誰？」她出手了，制住了對方！

『人類，不值得擁有光明。』女孩甩開了連薰予的手，她拿在手上的……什麼？她看不清楚，『他們是喜歡黑暗的——』

連薰予覺得自己瞬間下墜，在下一秒她整個人往後倒去，是蘇皓靖從容伸出手臂勾住她。

「很好，抽離了嗎？」蘇皓靖立即將她推正，「這隻女的妳處理一下。」說著，直接把女戲偶塞給連薰予，她驚魂未定的接過，又立刻伸直手臂，看著齜牙咧嘴拚命揮著刀的女戲偶皺眉。

「妳是什麼？」她忍不住問了，這戲偶裡到底有什麼東西。

蘇皓靖用毛毯圈的那隻戲偶，用戰戟劃破毯子竄出，直接從沙發角落繞行，再度往涂靜媛去，阿瑋手忙腳亂的看著戲偶跳上沙發背面，騰跳到空中，然後他跟套圈圈似的，把手上的佛珠鍊往戲偶身上套上去！

啪嘰，真的是這個聲音，戲偶全身逐一裂開，僵硬的手終於垂了下來。

阿瑋不敢鬆懈，握住戲偶持刀的手，打直手臂拿得老遠，朝蘇皓靖走過去。

「不錯嘛！陸姐給的？」蘇皓靖讚許的連同佛珠握住戲偶。

「嗯……」阿瑋將戲偶扔給蘇皓靖，他抓緊握好，與連薰予一同走向水槽。

趙逸豐拿著鐵鎚戰戰兢兢的愣在一旁，連薰予接過他手上的鎚子，「我知道你很捨不得，但現在這戲偶裡已經有別的東西了。」

她手上掙扎著的戲偶說明了一切，趙逸豐自然明白，還後退一大步，「你們要打碎……它嗎？」

「沒有依憑的身體，它們自然就無從作祟。」蘇皓靖直接把戲偶沉進水裡，「亞帆，謝謝妳！妳先到媽媽那邊去。」

趙亞帆早已躲到角落去，這一聲讓她直接衝向沙發。

「都碎成這樣了，也沒什麼價值了吧？」連薰予苦笑著，拿下頸間護身符，繫在女戲偶的身上。

下一秒戲偶也停止動作，身子開始龜裂，連薰予亦把它沉入水裡。

他們都知道，空心的戲偶裡藏了東西，但即使敲碎後，它們還是會出來——連薰予回首，看向了地板那口箱子。

「不不！不行！」趙逸豐立刻奔過去，抱住了那口箱子，「我把它移走！立刻移走。」

阿瑋擰眉看著趙逸豐準備抱起箱子的模樣，忍不住看了涂靜媛一眼，現在布袋戲偶比他老婆重要嗎？

「移走不行，這種靈體還是可以附身的。」連薰予回身朝箱子走去，趙逸豐已經抱起來緊緊護著。

「非得把它們都砸爛不可嗎？這些是我的寶貝，我花很多心力收藏的！」趙逸豐萬般不捨。

涂靜媛跪在沙發上回過身，不可思議的低吼，「那些戲偶要殺我！要殺我們的孩子耶！」

「那不是……不是它的錯吧！」趙逸豐焦急的不知道該怎麼解釋，「不能因為這樣就要毀掉我的收藏品吧！這也是我的寶貝啊！」

「比我重要嗎？趙逸豐！」涂靜媛不可思議的吼了起來。

「這不能比較，這都是我的心血！」

「別吵了！沒有人說要毀掉它們。」連薰予難得不耐煩的開口，「只是要封住，不要讓那些東西有機會侵入……」

阿瑋立即從茶几上看到膠帶，遞上前，「膠帶。」

連薰予有幾分無言，「你認真的嗎？你覺得膠帶就可以……」

「呃……那不然……」阿瑋猶豫著，「讓趙逸豐先把箱子搬去廟裡什麼的？」

「上鎖吧！」連薰予說著，開始在身上的護符裡挑選，左手腕的佛珠，還有新戴的玉墜……

她嘗試著把東西放在箱子邊比劃，終於得到一個安心的直覺。

趙逸豐謹慎的鎖好箱子，連薰予再把護符及法器仔細的繫在上頭、或黏或擺放，總之仔細一點準沒錯。

她與蘇皓靖正背對背，蘇皓靖手持鐵鎚瞪著沉在水裡動彈不得的兩尊戲偶，就等著連薰予做好防護的瞬間。

完全不需言語，連薰予確定黏好最後一段膠帶時，蘇皓靖便動手砸爛了水裡的戲偶。

聲音儘管被水吃掉，但還是讓趙逸豐心痛，他心疼的看著撕開平安符倒出香灰入水的蘇皓靖，都不敢上前「收屍」。

「泡著誰都別動。」他帥氣的旋身，「又一個禁忌了啊，涂靜媛小姐，孕婦家中不能有布袋戲偶，就怕有東西附進去！」

伏在沙發上的涂靜媛痛哭失聲，「為什麼要這樣對我？為什麼！劉乃瑄！」

「不許講她！」趙逸豐激動的低吼，亞帆在這裡！

「……」恐懼的女孩像是終於聽清了什麼般，眨了眨眼，「誰？」

誰？陽台倏地出現了人影，連薰予即刻跳了起來，蘇皓靖更快的跳過沙發，擋在涂靜媛與落地窗間——眨眼間，簾子唰的自動拉開，陽台的燈竟然自動亮了，一個女人就站在外面！

「哇啊——」阿瑋叫得最大聲。

趙逸豐簡直不敢相信，外面那個人是……是……

「別看！不許回頭！亞帆過來！」

他抱住涂靜媛的頭，讓妻子只看著他就好，絕對不能回頭！趙亞帆掩耳低首的衝到沙發背後，跪坐下來緊緊抱住父親的腳，咬著唇不敢哭出聲。

「是妳？」連薰予忍不住問了，她在提問時自己都覺得疑心。

劉乃瑄全身都是扭曲的，可以想像她墜崖卡進石縫裡的確是全身骨折，全身都在滴水，只是水滴落地板後就消失，阿瑋可嚇得直發抖，他上次也經歷過陽台的可怕事件……真心不愛！

劉乃瑄沒有任何阻礙，直接穿過落地窗就衝進來了！

「不要這樣，乃瑄！」趙逸豐激動的大吼，「她是我的妻子跟孩子啊！」

劉乃瑄明顯的頓住了，就在這一秒，蘇皓靖把阿瑋推開，手上的鐵鎚未曾離手，由下而上自劉乃瑄下巴揮打出去，劉乃瑄發出可怕的尖叫聲，連薰予與她四目相交的瞬間，卻覺得她似是含著淚……

『對不……起……』

對不起？連薰予看鬼影被打出陽台後瞬間消失，同一秒陽台的燈也暗去，整間屋子的氣息恢復回流暢舒服。

「累！」蘇皓靖嘆口氣，從口袋裡拿出一包信封，「誰有空的去貼一下！」

連薰予伸手要接過，蘇皓靖卻塞給了趙逸豐。

涂靜媛嚇得臉色蒼白，頭仍舊被老公捧著，看著塞在他中間那包信封還無法反應，趙逸豐緩緩接過，裡面竟是一包符紙。

「後面都黏雙面膠了，撕開來黏就好……啊！」連薰予趕緊回身，去看被她推開的阿瑋，「你是不是要去醫院一趟，傷很重啊！」

阿瑋有氣無力的看向連薰予，悲傷的點了點頭，「那你們……」

「我們沒事了，你這不縫幾針收不了工的！快去。」蘇皓靖語調恢復輕快，但整間屋子裡就他一個人輕快。

阿瑋就這麼淒涼的，在半夜兩點，一個人孤單的離開趙逸豐的短租處，默默的去掛急診。

涂靜媛的宮縮停止，並沒有過度疼痛，手上的傷比阿瑋輕了許多，她慌亂的看向落地窗，連薰予即刻上前把簾子拉好，還找了夾子夾住，不讓她瞧見外頭的模樣省得心慌。

趙逸豐開始在各個出入口處貼上符紙，腦子一片混沌的他，現在是處在聽話照做的階段。

連薰予主動到廚房為孕婦跟小孩泡了飲品，她知道涂靜媛不會有事……今晚應該可以暫時平安。

「謝謝阿姨。」亞帆接過熱巧克力，小手還在打顫。

「沒事了，今晚不會有事。」連薰予平靜的說著，一邊安撫著涂靜媛，「妳的孩子也不會有事。」

涂靜媛捧著溫熱的飲料，仰頭看向連薰予，一聽見她的安慰當場嗚咽就哭了出來！

趙逸豐貼到一半聽見妻子的哭聲，完全能感受到那份恐懼與委屈，趕忙奔到涂靜媛身邊，緊緊抱住她，也抱住了孩子。

連薰予沒去打擾他們一家人，逕自走向主臥室，蘇皓靖站在門口良久，雙手抱胸沉吟著。

她一靠近，他亦摟過她，兩個人同時顫了一下身子。

有問題。

蘇皓靖即刻推開房門，打開電燈，看著床上些微的血跡，其他倒沒什麼……只有滿床的護身符，讓人怎麼看就是不舒服。

連薰予顫抖的手在幾十個安胎符上繞著，終於停在一個隔著二十公分都有灼燒感的安胎符上。

「我知道妳現在很累，但涂小姐，我需要立刻馬上問妳重要的問題！」蘇皓靖從房間走出來時，手裡抓著那些護身符，有些氣急敗壞，「妳絕對還有犯到什麼事，哪個禁忌妳沒提到的，麻煩都回想一下！」

涂靜媛驚魂未定，她倉皇的抓著趙逸豐的衣服，「我不知道，我連什麼是禁忌都……」

「我一條一條唸，妳一條一條聽。」連薰予嘴上說得很專業，但卻拿出手機查詢，

「針有了、剪刀、釘子……」

禁忌非常長，但是才唸到第五個，涂靜媛就突然愣了一秒。

「妳閃神了，是什麼？」蘇皓靖確定她想到什麼。

「這很久了，我……五個月的時後，那天產檢確定了孩子的性別，我跟亞帆商量要怎麼跟爸爸說，但那天很熱，帆帆也吵著要吃冰，剛好在一間廟前買到冰。」涂靜媛回憶著數月前的事，「廟裡風很涼，我們就進去乘涼，後來也順便求了一個安胎符。」

「哪個？」連薰予即刻把一堆護身符攤在沙發上，「妳這有十幾個，記得嗎？」

「其他是我這兩天去求的！」趙逸豐連忙解釋。

涂靜媛視線巡了一遍，指向其中一個紅色的，「這個吧，帆帆……妳記得嗎？」

「什麼？」女孩喝完熱巧克力，蜷在一旁。

「護身符，妳記得嗎？有一次妳陪媽媽去醫院，我們有去廟裡吃冰那一次？妳說可以買一個保護弟弟的符？紅色好還是橘色好？」涂靜媛試著勾起孩子的回憶。

「啊！」亞帆立即滑下小沙發，在一堆護身符中，清楚的指出那個粉紫色的護身符，「這個，保護弟弟的。」

光是女孩指著時就令連薰予想吐，她聞到了腐臭的味道，蘇皓靖握住她的手，兩個人一起拿就不必怕對吧？

他們一起拿起那個寫有「普光寺」的護身符，淒厲的慘叫聲旋即傳來，有個人在狹小的空間裡掙扎，四周烈火焚燒，那個人喊到都沒氣了，感受著高溫燒灼著自己的皮膚——蘇皓靖太熟悉了，那天拿到玩具車卻被反制時，他就是感受到被活活燒死的痛！

蘇皓靖即刻抽過茶几上的剪刀剪開，裡面果然有符紙裹著香灰。

「這符怎麼了嗎？」趙逸豐看出他們臉色很差。

連薰予即刻傳訊息給陸虹竹，拍下護身符的模樣，請姊姊明天幫忙查詢，這是什麼廟！

「你們別嚇我！這裡面包什麼了？」涂靜媛扯扯連薰予的衣角，「這是祈福過的香灰，我也過過香爐了……」

「這裡面不是香灰。」蘇皓靖沉著眼眸，凝視著那小包，「是骨灰。」

什麼？涂靜媛啞然看著他。

連薰予擰著眉將護身符收起來，她希望姊姊能好好的對待這個痛苦的靈魂。

「而且是源自一個被活生生火化的人，全是負面的能量，怨與痛，絕對招陰！」

※　※　※

兩個小時後，車子一輛輛抵達「普光寺」廟門前，儘管大門深鎖，但深夜竟還有人前來；附近的遊民被刺眼的車燈擾醒，看著車裡陸續走下的人，疑惑觀望。

前方車子走下的人狀似發號施令，一小隊人即刻前去敲廟門，另外幾隊人沿著圍牆伏低身子奔跑著，沒一會就不見人影了；陸虹竹從最後的車裡走下，她看向觀望著的遊民，沒幾秒鐘，所有遊民紛紛站起，安安靜靜的離開現場。

「通常這種事應該是由巫女指揮的。」紅繩婆婆站到陸虹竹身邊，語帶責備。

「巫女要管的事也太多了吧？」陸虹竹懶洋洋的說著，「武司做得也不錯啊，可圈可點。」

「但沒有巫女的直覺，如何引導我們？」紅繩婆婆咬著牙，「都是妳這失敗的守望者。」

陸虹竹懶得理她，看著廟門自裡頭拉開，知道已經有人翻牆進去開門了，逕自往前走入。

「守望者？妳在外面就好，這不是妳負責的。」武司的負責人不悅的攔下她。

「我上個香。」陸虹竹根本懶得理她。

「守望者！妳的工作是守護巫女，不能涉險！」武司即刻令人攔阻，但陸虹竹身後的兩位少女立刻擺出架式。

「喂，都是自家人打什麼？梅玄，我的精神力是這代最強的，有我協助你們武司不是更好？」陸虹竹大步跨過了門檻，「更何況……」

更何況？武司想聽下一句話，但陸虹竹卻不再繼續說的朝裡走去。

這間寺廟並不大，附近的確有家醫院，但不在大馬路邊，而是在彎彎繞繞的小路裡，不知道涂靜媛是怎麼走進來的？是被什麼牽引誘惑了？還是一切只是巧合？

寺廟雖然不大，但該有的均有，有廟埕有天地爐，兩旁廂房後可能是居所，負責打人的武司一眾自她身邊一一跑過，拿活人燒死的骨灰當香灰，絕對不會是什麼好廟。

陸虹竹逕直走向正殿，來看看他們主供何方神明！

「這裡很邪門，大家注意。」一旁傳來聲音，靈司的人進來了，他們是具有靈力者，有一定的驅鬼力量。

兩名少女上前推開了正殿的門，門沒有上鎖，裡頭的長明燈亮著，桌上的蠟燭也都是電子式的，倒是一室通亮。

正殿裡的是佛像，看上去沒有什麼異狀，但她只是守望者，沒有強大的靈力或陰陽眼，在她眼裡不管什麼東西都差不多。

守望著的眼裡，只需要有巫女就可以了。

陸虹竹長腳一伸，跨過了門檻——鏘，即將插入鑰匙孔的鑰匙掉落在地，蘇皓靖當即僵在原地。

身邊的連薰予正抓著他的手臂，昂首與他四目相交，臉色刷白。

「打電話！」蘇皓靖趕緊催促她，「快打給陸姐！」

連薰予慌張的拿起手機便撥打，蘇皓靖自身後緊緊環住她，一方面穩定她的心緒，另一方面他們可以有更緊密的接觸。

只是這一抱，讓連薰予手抖得更兇，她感受得到熱浪來襲，她的姊姊被火包圍著，火燄幾乎吞噬了一切！

手機無聲，但自動接聽，陸虹竹的無線耳機清楚傳來連薰予帶著顫抖的聲音。

「還沒睡嗎？太晚嘍。」陸虹竹從容的回應著，官回眸瞥了一眼，立即明白她在講電話，「我已經在普光寺了。」

『離開！立刻離開那裡！』連薰予激動的大喊，『那是陷阱！快走！』

什麼？陸虹竹大驚失色，當即吆喝，「離開，全員撤離！這是陷阱！」

她依樣喊著，兩名少女跟著朝外頭大吼，廊上的武司即刻收到訊息，傳遞著準備撤離。

陸虹竹才旋身要出，一陣陰風在室內掃過，本是電子燈的光明燈很扯的熄滅，而正殿的門自動關起。

官司飛快的來到陸虹竹身邊，呈備戰狀態。

「什麼東西鬼鬼祟祟？」陸虹竹厲聲吼道，氣勢洶洶，「想嚇我還早八百年！」

開什麼玩笑，她可是律師，在法院見到的牛鬼蛇神還少嗎？她才不怕區區厲鬼！

咦？連薰予聽見吼聲瞬間呆了，『姊！妳在裡面嗎？怎麼回事……』

連薰予看見陸虹竹的身影逐漸被火燄吞噬，一片黑暗從旁籠罩過來，蘇皓靖摟她摟得更緊，一尊佛像頓時出現在大火中，那張該是慈愛的臉，卻現出了猙獰的笑意……

「佛像？」蘇皓靖闔著眼喃喃說著，「那尊……」

沙沙……雜音傳來，陸虹竹聽不見聲音了，她的眼睛漸漸適應黑暗，不，這裡並沒有全黑，正殿旁邊那些光明燈中，還亮著幾盞。

「守望者，有東西在這裡面。」司低聲說著。

她們是陸虹竹的保鑣，也是助理，身手俐落是基本，另外都接受過使用法器的訓練，擁有對付魍魎鬼魅的能力。這些人都是透過占卜找到的，世界上具有靈力的人不少，差別在強弱之分。

而他們也不需要大費周章的去找那些正常家庭說明或培養，光從世界上被拋棄的孤兒裡尋找就多著了。

陸虹竹知道手機沒訊號了，她轉向那些光明燈時，眼尾掃向了坐在大殿上的佛祖。

「官、司，小心點。」陸虹竹邊說，邊悄悄點了一下官，指向了佛像。

司先行走到光明燈前，一整排燈早已盡數熄滅，只剩下幾盞在黑暗中散發出橘紅色的光芒，這怎麼看，都知道不對勁。

「不要碰。」司低語，她小心的觀察著亮著的光明燈，突然倒抽了一口氣，「是巫女的名字！」

連薰予，二十四歲，生辰……陸虹竹握緊雙拳，屋外傳來激動的喊叫聲。

「小心！快出去——快點！」

「哇！」

重物落地聲旋即而來，官、司戒慎恐懼。

陸虹竹冷靜的查看另一盞還亮著的光明燈，上面的名字倒是一點都不意外。

空氣溫度突然升高，外頭的橘光照進了黑暗的正殿裡，佛祖的臉上光影閃動，瞬間給人在笑著的錯覺。

「失火了！我們得離開！」官喊著，但一雙眼瞪著佛像沒動。

佛像的手果然緩緩舉起，緊接著那巨大的身體試圖站起，從神龕上走下，官、司即刻把陸虹竹護到身後去。

「別傻了，這架子會崩……」陸虹竹才說著，神桌頓時下陷，直接被踩垮，「我就說吧，有點邏輯跟腦子吧！」

『吼——』佛像登時向後倒去，空心的佛像裡霎時竄出了幾道焦黑的身影，直接向著陸虹竹衝來。

反正面對這種魍魎鬼魅，物理攻擊絕對實際！

陸虹竹抽起腰帶，二話不說就直接鞭上亡靈的臉，擊上的瞬間迸出許多黑灰，這些……是被大火燒死的怨靈嗎？

佛像裡隱藏了許多隻，紛紛擋住大門，像是要阻止她們逃亡似的。橘色的火光開始轉黑，濃煙即將升起，陸虹竹打過不少火災的官司，知道存活的黃金時間。

這廟那麼大，火怎麼會燒得這麼快？她一鞭又一鞭的抽著焦屍亡靈，官與司的行動也一點不含糊，看似赤手空拳在抵禦，實則手上都握著短刀一一攻擊，同時嘴裡唸唸有詞，她們在唸咒了。

「我來畫。」陸虹竹最後一鞭將一個焦屍亡靈的頭砸碎後，轉身到門口，抽起身上的筆，在空中硬是畫上了咒文，與官和司無縫接軌，她們也各自畫上專屬咒文，跟陸虹竹畫的相疊。

這部分就是陸虹竹瞧不見的地方，她只能輔助，無法看見官和司口中所言：空中畫的符陣是看得見的，各自有施咒者獨特的靈氣顏色，她們畫的咒能相疊並發揮最大的效力，得以掃除方圓五公尺內所有的亡靈。

在陸虹竹眼裡，只看見被一股氣場炸開的門。

「咳……」只是一開門，世界瞬間成了一片黑，溫度幾乎在一秒內升高，濃煙霎時灌進了肺部。

不對！陸虹竹順手拉了官跟司往地上趴，火勢不可能這麼大，這廟埕明明有二十幾平方公尺，後面還有廊道跟廟舍，上方該是天空，怎會有這種密集灼燒感？這根本就像是密閉空間裡的火災啊！

「咳……咳咳咳……」

後方開始出現痛苦的咳嗽聲，不是官和司？還有別人？按照方位來說，她們才從正殿走出，身後不可能有人，除非……

這是陷阱，她們是不是被幻象騙了？

必須有清醒的人，讓大家知道門口在哪裡——

『姊姊！』

連薰予的聲音自她的九點鐘方向清晰傳來，跟著聽見的是金屬聲響……鑰匙？

『姊姊，這裡！』那是緊張且帶著恐懼的聲音，她知道的……陸虹竹推著右手邊的司，往那邊去。

司也聽見了，她掙扎著闔上眼，為了避免吸入高溫的濃煙而閉氣，朝右手邊爬去，黑暗與高溫中，她們聽見鑰匙聲，鏘、鏘、鏘……不到五步距離，司就摸到了門檻。回身反握住陸虹竹的手，直接先把她往外扔了出去。

「出來了！」外頭一陣騷動，陸虹竹覺得自己滾了好幾圈，然後立刻被不明的力量往後拖走。

「快點！還好幾個人！」

人聲嘈雜，陸虹竹被燻得連眼睛都睜不開，只能拚命的咳嗽。

救護車與消防車的聲音刺耳得逼近，她什麼都無法做，只能癱在地上，接受灌水，最終聽見了醫護人員的聲音。

「小姐？意識清醒嗎？好，抬上來！」

「找人問！這是怎麼回事！這裡不是廢屋嗎？為什麼突然失火？裡面還有人？」

廢墟？罩上呼吸器的陸虹竹聽著，雙拳緊緊握住。

「是遊民嗎？」

「不是啊，反而是遊民在幫忙！那裡面沒人敢去啊，是剛剛有好幾個人跑進去，我們也不知道為什麼！」

該死的，這果然是陷阱！

鏘，鑰匙再度落地，在深夜的樓梯間發出迴響，連薰予整個人癱軟在蘇皓靖懷裡，連他都得靠著牆才勉強抱住她。

連薰予疲累的偎著他，知道他也一樣虛脫，他們需要時間緩緩。

抿了抿吻得晶亮紅潤的唇，這個吻灼熱得難受，幾乎沒有辦法感受到絲毫的享受或快感，蘇皓靖適才突然吻住她，為的是清楚的得知姊姊的情況。

「她沒事了。」蘇皓靖終於鬆了口氣，「能站嗎？」

連薰予勉強的點點頭，緊皺著眉心，淚水緩緩滑過臉龐，「有人……沒出來。」

蘇皓靖彎身拾起鑰匙，終於得以打開他家的門。

「我得去……醫院。」連薰予攀住他的手，其實是希望他陪她去醫院。

「不行，我們都得休息。」蘇皓靖沒給她反駁的機會，直接把她拉進家裡，「妳那個祈和宮會接手的，出了這種事情，他們絕對會戒備。」

「可是……」連薰予放心不下。

「現在這種兵荒馬亂的時候，妳如果不是去坐鎮的話，就不要去添亂了。」蘇皓靖義正詞嚴的說著，「妳明知道妳去那邊象徵著什麼！」

象徵著……連薰予緊張得喉頭緊窒，「我只是想去看我姊。」

「妳的出現對她們而言不是那麼簡單，而且我們也必須正視一個問題。」蘇皓靖脫下了外衣，把自己摔進沙發裡。

連薰予幽幽的看著他，那個永遠談笑風生、從容不迫的俊美男人，難得露出這種疲憊無助的神情，臉色從未有的死白。

她放下皮包，也爬上了沙發，當偎上他的胸膛時，他早已抬手將她摟進懷裡。

「我們的接觸，已經不只是能解決厲鬼了。」他啞著聲說，「再更深入一點，都能看見現場了。」

就在剛剛，他們急著想感應更多，所以激烈的熱吻，腦子裡想著的都是陸姐，然後呢？他們就看見了黑煙密布的屋子，看見了在裡頭趴著的陸虹竹。

所以連薰予激動得喊出聲，蘇皓靖發現陸虹竹明顯往聲音的方向轉過來，卻見她伸出手摸索著，便知道她瞧不見！因此他晃動鑰匙，讓連薰予繼續呼喚。

他們都知道，他們到了幾十公里外的現場，不管是什麼形式，總之陸虹竹聽得見他們。

「姊姊轉頭時我就知道了。」連薰予虛弱的說著，「但是我覺得非常……非常的累。」

「我也是，從未有過的疲憊，或許我們開發了某種力量的限制，所以我們必須休息，別去添亂了。」他拍拍她，現在他連爬回房間都懶。

伏在胸膛上的連薰予逕自落淚，濕了他的衣襟，蘇皓靖連問都不必問，因為他們都知道，那場火帶走了幾個人的性命。

「是我害了他們嗎？」

「絕對不是。」蘇皓靖睜眼，是那個黑暗。

懷中的女孩呼吸突然變得平穩，他知道她累癱了，低首瞄了眼……唉唉，他蘇皓靖花花公子之聲名遠播，還沒有軟玉溫香在懷，卻沒脫個精光的紀錄。

輕點了連薰予的鼻尖一下，這女人怎麼都沒好奇過，為什麼他們接觸的力量會如此之大呢？

第十章

折騰了一夜，連薰予他們睡到快中午才起床。蘇皓靖還是比她厲害多了，已經先煮好早餐，全身上下洗得乾乾淨淨，然後裹著一條浴巾叫她起床，順利獲得高分貝尖叫。

「我說妳昨天躺在我身上睡了一夜，尖叫什麼啊？」蘇皓靖拚命拍著耳朵，他覺得耳膜受損。

「誰叫你只圍著一條浴巾出來！」邊說，連薰予僵直著身子滿臉通紅。

「我身材好啊，這是炫耀耶，我肌肉練得這麼結實精美，這是我的本錢好嗎。」蘇皓靖說得大言不慚，「妳看看阿瑋敢露嗎？」

邊緣人阿瑋就走在他們後方，一臉無言，「喂，為什麼我無緣無故就中槍？」

「喔，我就順口提一下。」蘇皓靖假意微笑，「為什麼我連到醫院都會看到你？」

「因為我傷口很痛要過來換藥。」阿瑋沒好氣的扯了扯嘴角，看上去很慘。

凌晨被布袋戲偶割傷的傷口足足縫了七針，醫生問被什麼割傷的，他又不能說是被一個布袋戲偶所傷。

回家後傷口腫痛，讓他徹夜難眠，撐著身體在早餐店打完工後再過來掛號。

「你傷口需要消毒。」連薰予意在言外的強調了一次，「我是說消、毒。」

阿瑋「啊」了一聲，一臉悲慘的看著自己的手，「找陸姐有用嗎？」

「我們就是要去找姊姊，我找人幫你消毒吧。」連薰予光看著阿瑋的手，就渾身不舒服，「那戲偶真邪。」

「為了處理那兩隻也是累得很，不過淨化乾淨就好。」蘇皓靖想起凌晨把戲偶燒掉的艱辛，就是因為這樣才搞到三更半夜回家。

涂靜媛沒有大傷，所以就待在家裡休息，骨灰安胎符自然又嚇得她不輕，但他們暫時無處可去，只好乖乖待下，加上蘇皓靖已拿出符咒讓他們貼滿家裡，才讓他們一家暫時安心。

待到彭重紹過來後他們才離開，老實說表姊弟的感情真的很好。

「啊！」婆婆遠遠的看見連薰予，便深深一鞠躬。

「噢，別鬧！」連薰予尷尬的不知如何是好，蘇皓靖倒是大方的走上前去。

「婆婆早，我們有位朋友的手需要消毒一下。」蘇皓靖直接拽著阿瑋上前，「也是陸姐的朋友。」

阿瑋賣乖的賠笑，婆婆不悅的蹙眉，但一看見他的手還是立即叫人做了處置，兩個女人上前，就粗暴的拽過他。

「欸，欸……不能請陸姐幫我嗎？」阿瑋求救著，為什麼感覺好可怕，他像要被拖去宰了。

「我姊在病房裡！」連薰予打強心針，「對他溫柔些好嗎？」

婆婆非常勉為其難的點了點頭。

「病房？陸姐怎麼了？」阿瑋才在嚷嚷，身後的護理師馬上叫他噤聲，這是醫院！醫院咧！阿瑋嚥了口口水，瞧這一整排走廊的人，又是特殊VVVIP病房了吧？

連薰予憂心的走到了加護病房門口，那兩名花季少女竟裹著紗布，站在病房門口守衛，看得她大吃一驚。

「妳們為什麼會在這裡？妳們應該傷得比我姊重啊！」連薰予吃驚的上前打量，「有燒傷吧？為什麼還不去休息。」

官跟司沒吭聲，只是低著頭。

「因為守護守望者是她們的職責。」女子走了過來，朝連薰予深深鞠躬，「我叫風蘭，是管理司的司長……就是統籌。」

「哇，這可真複雜。所以小薰的守望者還有守望者……」蘇皓靖倒覺得挺有意思的，「還有部門分層負責，組織不小嘛！」

風蘭高傲的抬起頭，「我們本來就不是普通組織。」

「很厲害，很威，但也要有點人性吧？」蘇皓靖看著風蘭，「她們必須休息。」

「她們想守護守望者，我們也沒辦法，她們是直接聽令於守望者。」風蘭帶著點無奈，「而守望者整夜昏迷不醒，現在才剛清醒。」

官和司無法言語是因為肺部灼傷，臉上都有燒傷才會以重重紗布裹著，連薰予看得極度於心不忍，而且她知道兩個女孩都還在發燒，處於高熱當中。

「去休息。」連薰予突然用命令的口吻，「我姊姊不會有事，自己沒有康復前，怎麼保護我姊？」

官和司愣了一下，她們瞪圓著眼看了連薰予兩秒後，恭敬的鞠躬，然後真的依言退下。

唉，蘇皓靖看向連薰予，瞇起眼，「妳是用什麼身分叫她們去休息的？」

「咦？」連薰予怔然的望著他，「什麼什麼身分？」

蘇皓靖無奈的搖搖頭，順手搓搓她的髮，他知道小薰沒有想到那一層，但是事情遲早會往該走的路上去吧？

他沒有小薰這麼天真或是逃避，如果黑暗是跟屁蟲的話，那絕不是她不想當這個巫女就能甩手不幹的。

隔著玻璃，可以看見裡面的陸虹竹，她才醒，氣管灼傷暫不能言語，虛弱的與連薰予揮手打招呼；這場火災一共死了三位同伴，都是深入屋子後方的人，想回頭時已經被阻斷了路，縱使聽見聲音引導也來不及離開。

那間普光寺從頭到尾都不是間廟，真的是個廢墟，只有片空地跟兩間頹圮的屋子，陰森詭異，附近遊民眾多卻無一人敢去住，住過的人都撐不了一夜就會逃出；裡面總是傳出淒厲的慘叫聲、唸經聲，甚至有許多人走來走去的腳步聲。

但在陸虹竹她們眼裡，卻見一間乾淨的廟宇，一切都是幻象，大家其實是分開塞進了兩間屋子裡，還以為在廟裡搜查，一把火就足以將她們困燒於屋裡，如果不是連薰予的聲音引導，遊民緊急報警，不知道還要折損多少人。

「我們都很感謝巫女的出手，否則我們必會死傷慘重。」風蘭恭敬的說。

「我是為了姊姊。」連薰予實話實說，因為她並不知道祈和宮的人會去，「但是……還是有三個人……」

「她們在第二間屋子後方，失火後有東西倒下，阻礙了視線與方向，那是命，我們會淨化超度她們的。」風蘭眉宇之間也有不捨，「不過其他人都沒有大礙，已是不幸中的大幸。」

「所以那間廟從頭到尾就是假的？所以才會求來那麼詭異的東西？」蘇皓靖邊說，一邊從口袋裡拿出夾鏈袋，裡頭包著骨灰符，「我用你們家的法器封著了，麻煩解決一下。」

風蘭驚訝的看著安胎符，上面還真寫著「普光寺」三個字，眼神一秒露出厭惡與殺氣！轉身向後，助理即刻接過。

「我會交給靈司處理，那東西好邪……這護身符哪來的？」

蘇皓靖挑了挑眉，看來陸虹竹並沒有告訴她們始末，但一聲令下就能在三更半夜召集人馬，去探那間邪廟，果然還是滿威的；而且今早的報導也只是廢墟失火，半個字都沒提到陸虹竹的名字。

政經關係良好，果然不是說假的。

「都是我不好，算是我朋友求的，我一直以為她孕中犯了禁忌才招禍，原來一開始就是這個符的問題。」連薰予深感歉意，「那是她去產檢完後求到的符，看來在她眼裡，那也是間正常的寺廟。」

「有心要為惡，就沒有做不到的事。」風蘭一邊思考著，「上面都是恐懼與怨恨，戴這種東西怎麼可能能安胎？多久了？」

「可能有兩三個月，胎神都被殺了。」蘇皓靖還有空朝陸虹竹揮手微笑，「只是想讓陸姐幫忙查查，但我們沒料到會發生這些事。」

「胎神都被殺掉了？這連厲鬼也辦不到。」風蘭警戒心起，「一定還有別種東西。」

「先不說別的，妳們之中不乏有靈力者，卻所有人都被幻象迷惑，對方很強大啊。」蘇皓靖一語道破。

連薰予緩緩點頭，「或許就是那個黑暗吧！涂靜媛在求得這個護身符後便犯了禁忌，加上有亡靈在身邊，她一開始就被針對了。」

「為什麼？感覺不是針對涂靜媛，是針對那孩子吧？」蘇皓靖眼神放遠，「我退一萬步說，弄不好是針對趙逸豐。」

「咦？」連薰予錯愕數秒後瞭然於胸，「因為他的前妻嗎？」

「別忘了昨晚他前妻出現，而且還說對不起。」蘇皓靖搖了搖頭，「現在只要看到哭著對我們說對不起的亡者，十之八九都是——」

被逼迫的。

連薰予既緊張又失落，最近他們真的遇到太多無怨的亡者，莫名其妙的要置他們於死地，就因為跟「某人」談妥了條件，不得不這麼做，寧可墮入地獄也都義無反顧。

「事情還是沒弄清楚，到底是趙逸豐有問題？還是劉乃瑄不想被取代？」連薰予喃喃說著，「布袋戲偶也是他的……彷彿他不該有孩子似的。」

「至少亞帆生下來了？」蘇皓靖也覺得眼前籠罩著一層薄霧，覺得每件事每個人都有問題，卻抓不到要點。

「抱歉，說到孩子……有件事想報告。」風蘭再度用了下對上的態度，連薰予已經懶得糾正了，「另外一間屋子裡的人能及時逃出，是因為看見有名男孩奔跑向外的身影，所以她們追出去時剛好出了門口。」

男孩？蘇皓靖感受到小小的男孩，赤著腳的奔跑，「很小嗎？」

「是，她們說是小男孩，看起來三、四歲左右。」風蘭肯定的說著，「而吸引其他人深入幻象的，是一輛玩具車。」

喀啦喀啦，玩具車在石礫地上發出了聲響，連薰予彷彿都瞧見車子在廟裡移動的樣子，幾名女孩循聲追了過去。

「藍色的賽車，大概這麼……大……」她自然的以雙手圈出一個大小。

「對，是的！」風蘭帶著欽佩的眼神，不愧是巫女，果然什麼都知道。

蘇皓靖當然記得那輛玩具車，就是它害得他與連薰予進入別人的經歷，飽受被虐殺的痛苦出不來。

「男孩！對啊，我們忘記他了。」連薰予湊上前，「記得嗎？在趙家家裡奔跑的那個孩子，是個男孩！亞帆說過的！」

「不是忘了，只是後來著眼在前妻……那天陸姐去他們家，妳有看見男孩嗎？」蘇皓靖其實會忽略，是因為他就沒見過那男孩啊！

「沒有，涂靜媛一走那個家就很乾淨，什麼都沒剩下……除了我發現相框有問題，趙逸豐在前妻照片上蓋上他們現在的全家福。」提及此，連薰予認真的深呼吸，「我是劉乃瑄都不爽。」

「女人怎麼樣都會不爽吧？拿掉或是被取代都有事。」蘇皓靖說了至理名言，但附近所有的女性同胞紛紛投以不爽的眼神，「呃，我是說……妳們心思敏感，總是會介意啊。」

他差點忘了……整個祈和宮都是娘子軍。

「普光寺的線索斷了，我想也找不到線索對吧？」連薰予轉向風蘭，「誰放的火？或是那裡有什麼……」

「一把火都燒掉了，原本有些亡靈被關在裡頭，但昨天我們反擊時，應該對它們造成不小的傷害，消防隊來時我們先暫避，事後也找不到那些靈體，只怕是被召回了。」風蘭理性分析，「幸好守望者昨天讓遊民離開時多留了個心眼，只是讓他們想要離開廟前，並沒有讓他們裝作沒看見，才能及時報警，但他們也沒瞧見附近的可疑人士。」

精神控制啊，陸姐這招滿強的啊。

「那種狀況怎麼會看見可疑人士，所有人注意力都在火上，而且……」蘇皓靖回憶著昨天看到的影像，「妳們能從前門翻進，他們就能從後門逃。」

風蘭點頭稱是，「裡面是設計好的陷阱，如巫女所說，確定是有人縱火，但那附近都沒有監視器。」

「盡力查吧，雖然我覺得不會有結果。」連薰予拉了拉蘇皓靖，「這邊斷了線索，我們焦點得再回到趙逸豐身上。」

就知道她不會撒手不管，「嗯。」

連薰予轉頭跟陸虹竹示意她要離開了，有要事處理，涂靜媛的事不能耽擱，既然被那邪廟盯上，那麼對方一定會加快速度下手；陸虹竹表示了解，不忘交代他們小心。

「巫女，我可以派幾個人……」風蘭上前，試圖派出其他保鑣。

「不需要，我不是什麼巫女，我是連薰予。」連薰予柔聲但堅定的拒絕，「妳們不要一直逼迫我。」

風蘭沒說話，只是默默看著她。

連薰予不喜歡她們那種既難過又崇敬的眼神，她不值得她們這樣看待，緊緊挽著蘇皓靖的手，他親暱的摟著她，知道她又因此消沉了。

手機來電，蘇皓靖還沒拿出來就知道是誰，「彭重紹……可別又有事了。」

昨晚彭重紹去涂靜媛家守著，但上午傳訊說一夜無事，他也沒再感受到任何危險。

「應該沒事吧？」

『蘇先生，沒事沒事，我剛去買了早餐給我姊他們吃，雖然會怕，但太累了所以大家都睡得很好，謝謝你們。』彭重紹聲音聽起來很放鬆，『連亞帆都敢跑到窗簾那兒往外望，她也沒再看到什麼了。』

亞帆，提起這個女孩就令人有點憂心。

「她沒想起什麼嗎？」蘇皓靖慎重的問，連薰予跟著停下腳步。

昨天那個全身扭曲又濕漉漉的人，不是嚇壞她了嗎？

『沒有……但是她有問那個阿姨是誰。』彭重紹壓低聲音，別過頭去，『姊夫說是不認識的人。』

「什麼？」連薰予在旁答腔，「如果真的是前妻有意見，現在可氣炸了吧？」

『對啊，我姊也是這樣說，本來只是被取代，現在直接被否定。』彭重紹溜到洗手間，『所以我姊打算跟亞帆講清楚。』

「講清楚什麼？她才小一。」連薰予覺得不可思議的想接過電話，蘇皓靖刻意舉高了不讓她拿，「蘇皓靖！」

「妳這麼激動沒有用，那是涂靜媛做的決定。」蘇皓靖伸手抵開她，「彭重紹，我們尊重她的決定，但她要跟孩子講前要有萬全準備。」

『我也知道，但亞帆根本不記得之前的事，我不覺得跟她講會有用。』彭重紹語氣裡滿是無可奈何，『我姊決定循循善誘，先解釋昨晚的阿姨是誰。』

「她會嚇死吧？那個扭曲的女人……否認人家存在是不對，但貿然要孩子接受又是另外一回事了。」蘇皓靖語重心長的交代，「記得跟你姊說，不要躁進。」

『唉！她都說她知道，但我覺得她根本就急著想說明一切。』彭重紹背景是開心的笑鬧聲，『亞帆吵著要出去玩，我等等會陪他們去海邊。』

「哦？請假嘍，辛苦了。」蘇皓靖說得當然敷衍，又不是陪他。

「昨天可把我嚇死了，我不放心……我是想問說那個護身符的事怎麼了？」

「還沒結果。」蘇皓靖決定先不解釋真相，「還在查，你先看好你姊就是了。」

『好，我車上都是你們給我的護身符，沒問題。那有事再聯繫，謝謝了。』彭重紹再三道謝後，掛上電話。

連薰予看著蘇皓靖將手機放進口袋裡，心頭卻突然一緊，不安湧上，緊張的勾緊了他。

「他們要出門？這樣好嗎？」

「車上都是妳姊給的平安符，應該還行吧？」之前陸虹竹一直偽裝自己是個很愛拜拜的人，事實上是把祈和宮的東西偷渡進來，好讓有用的法器保護連薰予。

「應該——」

「哇哇——」路過一個T字路口時，阿瑋的聲音打斷了他們的對話。

「阿瑋？」連薰予擔憂的看過去，「我朋友還好嗎？」

「邪毒滲入，必須治根。」門口的女人微微一笑，「疼一下，等等就好了。」

這聽起來不像是疼一下，蘇皓靖忍不住笑了，「我跟小薰有事先走了，麻煩幫他處理好，不要留後遺症。」

女人頷首，連薰予還憂心的探看，立刻一把被蘇皓靖帶走。

「喂，阿瑋……」

「妳姊那個宮不會錯啦，阿瑋被傷得那麼重，治癒本來就麻煩，妳也幫不上什麼忙。」蘇皓靖趕緊引開她的注意力，「所以我們現在要去哪裡？妳有方向了嗎？」

「啊……又是男孩又是玩具車，昨天我在被第六感反制時，我還看到了一樣東西……在他們家的廚房。」與蘇皓靖對上眼神，她知道，他早知悉她的目的地。

從源頭開始吧。

※　※　※

彭重紹放下電話，鬆了口氣。他昨天半夜來這裡，知道事情原委後，就叫姊把所有護身符都丟了燒了，管它是什麼好廟壞廟，出一個骨灰就嚇死人了。

姊夫還是在意剩下的那箱寶貝，不過也非常聽話的不敢妄動，深怕又造成昨晚的慘況。

「舅舅！舅舅！」一出洗手間，女孩就蹦蹦跳跳的跑過來，抱住了他的腿，「我們出去玩！」

「好！好！要去哪裡玩啊？」彭重紹低首看著興奮的小女孩。

「去看海！」趙亞帆開心著，「看海浪咻～咻～」

「海浪怎會咻咻，風才是咻咻！」彭重紹一把抱起她，「唉唷，亞帆是不是變輕了？」

涂靜媛收拾著東西，心不在焉，「這些天這樣折騰，怎麼胖？」

「不怕不怕，帆帆什麼都不必怕。」彭重紹拍著女孩的背，女孩清澈的雙眼裡倒是沒有太多畏懼。

但是她卻轉而向後，環住了彭重紹頸子，撒嬌般的趴著；彭重紹溫柔撫著女孩的背，純真的孩子，卻比大人容易看見不尋常的東西。

「我不喜歡爸爸媽媽吵架。」小小的聲音從耳邊傳來。

彭重紹聽了有些難受，這麼小的孩子，對她而言，父母的爭吵比面對詭異現象，令她更加恐懼不安。

「沒事，大人都會吵架的，一下就好了。」他只能這樣安慰小孩。

「娃娃好兇。」她悶悶的說著，「所以叔叔把它弄壞了。」

「對，娃娃壞掉了，所以我們不要了。」彭重紹趁機追問，「那妳覺得昨天晚上窗戶外的阿姨可不可怕？」

亞帆頓了一頓，突然直起身子看向彭重紹，「阿姨淋濕了。」

「……對！」彭重紹尷尬的回應著，的確是「淋濕」了啦，「很可怕吧？」

亞帆搖了搖頭，「她會不會冷啊？」

彭重紹看著亞帆，緊緊抱住她，孩子真的什麼都不懂，她也不記得那女人是自己的生母，姊真的要跟她說這些嗎？

話雖如此，但他已經感受到姊應該有憂鬱的傾向，也不能放任不管，姊夫的態度讓他很遲疑，趙逸豐雖沒當年誇張，但也只是好一點點而已。

「準備出去玩嘍！」趙逸豐收拾完畢，過來要接過亞帆，「我們去野餐。」

「耶！」亞帆立刻從彭重紹身上移轉到爸爸身上，「野餐野餐！我想吃冰淇淋！」

「好，但是只能一點點喔。」

彭重紹走到房門口，看著呆站在床邊的涂靜媛，她有些失神，有點憔悴，手上拿著亞帆的外套，緩慢的塞進袋子裡。

「我得告訴她。」她幽幽的回頭，「我真的得告訴她。」

「姊……」

※　※　※

拿著跟趙逸豐要來的備份鑰匙進了趙家，十指交握的兩個人感受到的只有平靜跟淡淡的幸福。沒有惡意、沒有邪氣，甚至感受不到什麼仇恨與怨念。

蘇皓靖重新拿起電視機上的相框，看著裡頭重疊的相片，冷冷一笑。

「幹嘛？」背對著他的連薰予都能感受到他的不屑。

「妳覺得這是不小心還是故意的？」他揚了揚相框裡的兩張照片。

連薰予正朝餐桌走去，回頭斜睨了一眼，「捨不得吧？」

「正解，我覺得是故意的，絕對不是不小心。」他高舉起相框，「不想忘掉前妻、潛意識也不希望孩子忘記，所以不想拿掉照片，但又必須對現任有交代，就變成用照片疊上。」

「就是捨不得。」連薰予抱怨著，「別揣測他的想法了，來幫我找東西。」

「他的想法很重要啊，我總覺得事情跟趙逸豐有關，一個被愛著又不是很會照顧孕妻的傢伙。」蘇皓靖也走向了廚房，「妳找什麼？」

「不知道，但是我確定這裡有東西……」連薰予索性整個人趴了下來，看著櫥櫃下方，「我被壓在桌上，那個人……在幻象中本來是亞帆，但五官突然相融成黑色窟窿，拿東西要切開我的肚子，那時我看向這裡時覺得不對勁。」

「那就是不對勁。」不管櫥櫃靠牆或是側邊的縫隙都非常窄小，手是伸不進去的。

看著刀架上的刀子，這裡只有他們兩個，應該不會有什麼事了吧？抽起刀子時發出的寒冽聲響，嚇得連薰予顫了一下身子。

「喂……」昂起頭的她看著持刀的蘇皓靖，卻忍不住笑了起來，「你這樣子好像兇手喔！像是要殺了我似的。」

「我敢嗎？不說妳們那票穆桂英了，光陸姐就可以用法律把我折磨死。」蘇皓靖輕易轉了方向，揑著刀尖將刀子遞給連薰予。

「你會怕？」連薰予啼笑皆非的接過刀子，趴著就朝縫裡挖。

「怕喔！她只要堂堂正正搬出法律來戰我，我穩掛的。」蘇皓靖朝四周張望，但視線卻自然的落在角落的房間，也就是小女生房間的隔壁。

這間屋子他們唯一還沒看過的地方。

蘇皓靖邁開步伐，他彷彿聽見了輪子的聲音，唰……唰，玩具車在這個地板上滑動行走，連趴在地上的連薰予都停下了動作，玩具車曾經從客廳滑向了玩具房，是發條車。

她撐著地板抬起頭，看著蘇皓靖前去的方向。

昨天引祈和宮裡的人深入火海的，就是一輛玩具車，但引其他人逃出生天的，卻是那名男孩。

加快速度滑動著櫃子底下的縫隙，她沉下心，昨晚看到的不是這個角度，而是再偏一點……她跪坐在地，回首十五度，注視靠牆的這個縫隙。

刀子伸入可輕易刮動，刮到了某個東西，在地板上發出奇異聲響，同時蘇皓靖推開了那間玩具間的門。

「天哪……」看著從縫隙中刮出的東西，她的直覺果然沒錯！連薰予起身找到廚房紙巾撕下，隔著厚厚紙巾拿起了刮出的東西。

準備進入房間的蘇皓靖瞬間回頭，「真的假的？」

「對，果然沒錯。」連薰予將東西平鋪在掌心上，急急忙忙的過來，「上面還帶著乾涸的血跡。」

白色的紙巾上躺著白色的瓷器碎片，邊緣全是已經變成棕色的血跡，看起來已經有一段時日。

「我們的直覺從來不會錯。」蘇皓靖看著那塊碎片，「涂靜媛在這裡沒受過傷，如果是在被剖開肚子的直覺裡，那孕婦就是……劉乃瑄。」

連薰予肯定的點點頭，破片的存在代表當年劉乃瑄肚皮被割是真的，那天她在床上掙扎流血，哭著打給趙逸豐都是真的。

問題是，是什麼割開她的肚皮？

「從上一胎就這樣，是誰不讓趙逸豐生下孩子嗎？」連薰予覺得怪異，她只能想到這樣，「如果這次是劉乃瑄阻止，但她當年何必阻止自己生孩子？」

蘇皓靖探頭進入玩具間，粉紅色的房間，完全象徵著是女孩所有，架上還有各式各樣的布娃娃，芭比娃娃也是不能缺的，而 Hello Kitty 更是大宗，角落放著角落生物的玩偶，可愛得令人會心一笑；牆上貼了許多圖畫，都是孩子充滿稚嫩童趣的塗鴉，顏色也是繽紛多彩，就像趙亞帆的個性。

「真可愛。」連薰予忍不住笑了起來，「她很愛畫畫呢。」

「不知道有沒有畫出她媽媽？」蘇皓靖看著那些畫，總覺得有說不出的怪，「顏色是很亮，但我總覺得有種窒息感。」

「是嗎……」連薰予認真的看著那些畫，「有一點怪，但是……這個女的是涂靜媛吧？頭髮是鬈的，這幾張都是。」

照片裡的劉乃瑄是短髮。

「但是我們不能確定劉乃瑄是否也留過長鬈髮，小孩子又不會素描，妳看都是細細長長的女的，穿各種漂亮衣服，長長的鬈髮，哪看得出是畫誰？」蘇皓靖一一打量著牆上的畫，亞帆畫的都是全家出去玩的圖，然後一定有一隻 Kitty 玩偶陪伴，有時烤肉、有時去公園玩，雖然比例都不對，但還是能看得出她畫什麼……

他忍不住又瞄了那些玩偶一眼。

「好像哪裡不對……」連薰予在原地轉了個圈，然後跑到隔壁趙亞帆的房裡看，一樣是粉色風格，牆上也貼著畫，這裡的畫是更加好看的，她還用鑽石自己貼了框，「很像女孩的房間對吧？」

「既然如此——」蘇皓靖在隔壁房間應和，「她玩什麼玩具車？」

整間房看過去，沒有任何一樣跟車有關的玩具，一點跟男孩玩具有關的影子都沒有。

他們兩人同時從兩間房間走出，異口同聲道：「誰在說謊？」

那天在床底下要撈出玩具車時，是誰說「是亞帆把車子放在那裡的」？

他們立即在屋子裡尋找玩具車，深吸一口氣後同時平復心情，然後一起同步走向涂靜媛的房間。

「又在床底下。」站在門口時，蘇皓靖即刻知道了它在哪裡。

「那天我們什麼都沒感覺到，但它還是拖了我們進去。」連薰予說著，心頭不由得有點發寒。

「我這次有心理準備，我能關上。」蘇皓靖邊說，回身走向外頭準備拿支掃把，打算把它掃出來，「妳練習一下。」

「我？」連薰予一點自信都沒有，「我昨晚是誤打誤撞，我還沒辦法隨時關閉啊。」

「我沒辦法邊吻妳邊拿東西啊，轉世小姐！」蘇皓靖掠過她身邊時，不忘摟過她的腰朝自己身前一貼，就是一吻，「相信自己！」

唉呀！連薰予被吻得措手不及，蘇皓靖鬆開她後，她還踉蹌向後撞上了門，但仍不忘抬手抹著自己的唇，這傢伙真的是越來越不客氣了。

蘇皓靖彎身，果然看見藍色礙眼的玩具車就放在那裡，那天他可是把它拿出來了，這麼喜歡待在這個床底下，想當涂靜媛的新胎神嗎？

掃把將玩具車勾出來時，連薰予覺得眼前頓時血紅一片，痛苦的慘叫聲響起，血淋淋的手伸向空中……不！她拉回自己的意識，不要去感覺！不可以！

蘇皓靖蹲下身，像雕像般動也不動，他給了自己數秒鐘的時間，然後他直接從容的抓起玩具車，機械式的迅速檢查著這輛玩具車，然後鬆手放下。

「呼！要專心真困難！」他指著車子，「輪胎旁有刻字，寫著柏元，搖晃有聲音，裡面有放東西。」

連薰予站得遠遠的，她沒有蘇皓靖的技巧與自信，「我幫不了你，但是我知道一定要打開這輛車。」

呼，蘇皓靖萬般無奈，但還是深呼吸後，重新調整心情，讓自己再度關上所有第六感，飛快的將玩具車翻肚，扒開底下的塑膠殼——鏘鏘聲響，一把刀子就這樣掉了出來。

扔下玩具車，蘇皓靖不可思議的看著落在地上的銀色刀子。

那是柄普通的牛排刀，連薰予即刻轉身到廚房裡打開廚房的每個抽屜，終於在某個抽屜裡發現一模一樣的同牌牛排刀。

為什麼刀子要藏在車子裡？這是他們家裡的刀子啊。

「對不起……」

門口赫然傳來聲音，嚇得連薰予即刻回頭，蘇皓靖也趕緊步出。他們警戒的看著十點鐘方向，剛剛進來時他們關了鐵門，但沒闔上木門，聲音是從門口傳來的。

「沒有惡意……」連薰予喃喃說著，「誰？」

說不定是鄰居，只是好心提醒他們要關木門。

「我是亞帆的導師。」女人的聲音很低沉，「請問是趙太太嗎？我一直聯絡不上您。」

啊！今天是週三，亞帆幾天沒去上學了。

「抱歉。」連薰予趕緊朝門口走去，但蘇皓靖亦步亦趨跟著她，悄悄拉住她。

「別讓她進來或看到妳，老師見過家長的。」蘇皓靖輕聲耳語，連薰予點了點頭。

「家裡有點事，忘了請假了。」連薰予站在客廳，不敢露出臉。

「原來，請您們以後一定要跟我說，LINE不回、電話也不接，這會讓人很心慌。」老師語調裡其實帶著不滿，「沒事就好，那亞帆在嗎？」

「不在。」連薰予冷靜的回答，「我……我打算讓她下週一再去上課。」

「好……好，那……趙太太，妳方便開個門嗎？」老師狐疑的說著，「我得交代一下作業，還是您現在不太方便？」

給作業而已！連薰予回頭看向蘇皓靖，他們現在如此貼近，但外面那個老師沒有惡意與殺氣，而且……她感受到那個老師在批改作業的模樣，她真的是亞帆的小學導師。

「好吧。」蘇皓靖勉強答應，但仍高度警戒。

「真不好意思，讓老師特地跑一趟，我是涂靜媛的朋友。」連薰予主動出現在門前，「他們一家都出去了，我是來幫她料理房子的。」

門外的導師一陣錯愕，看著連薰予，眼底滿是疑問。

「妳是……趙太太的？」她後退了一步，比連薰予還緊張。

「我不是壞人，是……靜媛姐她最近不穩定，宮縮嚴重，所以住院了。」連薰予乾脆實話實說，「趙逸豐帶著亞帆一起過去，所以才沒有接電話。」

「原來是這樣……亞帆還好嗎？」老師憂心忡忡，「之前……」

「之前？」連薰予略瞇起眼，「妳知道亞帆的事？」

老師凝重的蹙起眉，點了點頭，將手中的作業包遞上前，「這個請妳一定要轉交趙先生，尤其是這個——」

蘇皓靖跟著來到門口，詫異的看著老師拿出來的東西，不可思議的瞪圓了雙眼——該死的！

他們的直覺從來不可能有錯！

第十一章

「哇！海耶！」女孩快樂的衝出涼亭，彭重紹趕緊跟在後面追去。

「亞帆，不可以跑，這裡的石頭凹凸不平，會跌倒的。」

涂靜媛坐在涼亭裡的石椅上吹風，看著晴空萬里、海面平靜，該是愉快的笑容裡卻帶了一絲惆悵；一旁的趙逸豐張羅著買來的外食，卻總下意識的看向當年的「那個方向」，事隔多年，那天發生的事，仍舊歷歷在目。

照理說，他不可能再來這個傷心地。他心裡不相信前妻尚未投胎，還意圖傷害靜媛！但昨天看到那扭曲的亡靈的確是她，他之前力挺的言論頓時成了笑話。

早上找了時間跟靜媛道歉，不過她並沒有生氣，也不怪罪誰，直說自己了解劉乃瑄的心思。

誰都不願被取代，更何況自己的親生女兒不但忘記自己，還認了繼母當生母，誰能承受？

於是，涂靜媛說想到這裡來，重回故地。

「靜媛，孩子忘了就忘了，妳何必一定要讓她想起來？」趙逸豐語重心長，「那樣痛苦的事，逼她想起來沒有好事啊！」

「我沒有要逼她想起來，我只是要告訴她一個事實，不能讓她忘記她的生母。」涂靜媛邊說，雙手絞著裙角，「這是不對的……不對……」

「如果她根本不記得的話，妳說那些有用嗎？」趙逸豐還是不能接受，孩子無辜！她既然選擇忘記生母，認為涂靜媛才是，又何必多此一舉？

「我就先跟她說一個阿姨的故事，我不會躁進貿然的就說我不是她媽媽，我沒那麼傻。」涂靜媛厭惡的回眸瞪他，「但至少，至少不能抹煞她的存在。」

如果這樣，「她」的怒氣會不會減少一點？

她從沒有取代她的意思，亞帆是她孩子，只是被嚇到失憶，或者不願意想起，雖然大家都說為了孩子好……但現在逝者發怒了啊，不惜傷害她與她腹中的孩子，她就不能再坐視不管了。

「別難過了，重紹的朋友不是幫忙了？」趙逸豐趕緊上前安撫陷入低潮的愛妻，「家裡現在也很平靜。」

「我不知道是怎麼了……我沒有傷害任何人，為什麼要這樣對我？」涂靜媛梨花帶雨，轉頭偎進丈夫懷裡，「我竟戴著那個骨灰護身符那麼久，到底是誰？為什麼要害我！為什麼！」

趙逸豐抱住了痛哭的妻子，他也不知道該如何安慰她，他不知道她何時去求了那個護身符，也不可能知道裡面放的是人的骨灰……是什麼破廟會賣這種護身符？而且連小姐還說，骨灰是來自被活活燒死的人，所以怨與痛都在裡頭，這是要如何安胎？

數公尺外的彭重紹緊緊牽著趙亞帆，這裡是海蝕崖，只是與涼亭間還有一大片平台，崖邊自然沒有圍欄，因為圍欄在涼亭後，他們都是跨過來的。他剛瞄了一眼，這海蝕崖大約有五層樓高，下頭全是礁石，掉下去必死無疑。

往遠處的左方看去，若一路往下走，經過高低不平的石塊後，便能較接近海邊，可以看見有幾名釣客正悠閒的釣魚。

回頭看向涼亭裡，表姊在姊夫懷裡痛哭，想也知道是什麼事，從家裡出現異狀開始至今，正常人都承受不住這一連串可怕的事件，更何況是個孕婦？

從求安胎符開始，姊就犯了大忌，爾後的事都是那骨灰符招來的吧？因此小小的拿針拿剪刀，都成了重大犯忌，最終目標是她肚子裡的孩子。

話說姊夫的前妻也太偏激了吧？當年自己產前憂鬱自殺，現在卻要讓另一個女人跟她一樣？是不想讓姊夫這輩子再娶再生嗎？

「媽媽在哭？」撿石頭撿累的趙亞帆回頭，錯愕的看著涼亭裡的場面。

「嗯，媽媽嚇到了！也睡不好，所以很累很想哭。」彭重紹趁機拉著女孩再走到另一邊去，「讓媽媽哭一下，我們往那邊去散步好不好？」

女孩似懂非懂的點點頭，任彭重紹牽著離開。

「因為那可怕的娃娃嗎？還是昨天的阿姨？」亞帆抬起頭不解的問著，「還是那個男生？」

那個男生！彭重紹略收緊了手，「在家裡跑的那個男生……妳這兩天還有看到嗎？」

趙亞帆搖了搖頭。「他很壞，惹媽媽生氣。」

「呃……」彭重紹不知道該怎麼回答，還是不要隨意冒犯的好。

他們往釣客的方向漫步，但抱著涂靜媛的趙逸豐不經意抬首，忍不住倒抽一口氣——彭重紹正帶著亞帆走向乃瑄當年自殺的地方。

地面極度不平，彭重紹小心的牽著亞帆跳下走上的，女孩注意到前方左邊有個看起來可以坐的大石塊，再瞄向右邊近在咫尺的崖壁，腳步突然緩了下來。

「嗯？來，走進來一點，這裡有點窄，我們不要靠太外面。」彭重紹只在意安全，路突然變得有點小，左邊的大石塊佔去太多空間，石塊與崖邊距離不過三公尺，有點嚇人。

「我……們有來過這裡嗎？」趙亞帆拉著彭重紹，搖了搖他的手。

「有嗎？沒有吧？」彭重紹自然沒來過這裡，事實上他並不知道這裡曾是趙逸豐前妻的自殺地點。

「重紹！亞帆！」趙逸豐突然大喊，「回來！回來吃飯！」

還在哭泣的涂靜媛被他這樣一吼反而嚇著，她吃驚的抬首看向丈夫，再回頭尋找表弟與女兒的方向，才發現他們走得有些遠了。

「這麼大聲幹嘛？」她跟著站起，「亞帆，吃飯嘍！」

趙逸豐沒解釋，只是緊張得很，這反而讓涂靜媛覺得起疑……該不會——「是在那邊嗎？」

趙逸豐面有難色的看著她，再看向遠方拚命招手，最後勉強的點了點頭。

「哪裡？那塊石頭？」涂靜媛反而積極的尋找。

「就他們現在站的那裡……唉，靜媛，別讓亞帆傷心好嗎？」趙逸豐突然懇求她，這反而讓涂靜媛詫異不已。

「我怎麼可能傷害她？你認為我會傷害亞帆？」涂靜媛覺得不可思議的吼了起來，「我這些年待她如何你是知道的，你怎麼能這樣想我？」

「我不是那個意思！我就是……我怕她想起來啊！」趙逸豐忍不住了，「帶她到這裡來，跟她說乃瑄的事，那不就是間接希望她想起來嗎？那就是傷害啊！」

涂靜媛倏地站了起來，她全身微顫，但不是出於恐懼，而是氣到全身發抖。

「所以？你已經看到了這麼多怪異的事，你寧願傷害我、跟我肚子裡的孩子？」涂靜媛尖叫出來，向左後方一指，「也不願傷害你跟她生的女兒？」

涂靜媛？趙逸豐不可置信的看著她，「妳怎麼會這麼想？」

眼尾餘光瞧見走近的人影，趙逸豐朝右瞥了眼，彭重紹當然聽見了，但他多希望因為海浪聲，讓孩子忽略了那段對話。

女孩拉著彭重紹的手躲到他後面去，「吵架……」

「呃，沒有，沒有吵架，妳聽海浪很大聲對不對？所以爸爸媽媽說話才那麼大聲。」彭重紹趕緊幫他們編造一個藉口，涂靜媛立即回過身走向石桌，背對孩子，趙逸豐則擠出笑容。

「對！爸爸是在說，不知道亞帆想先吃什麼！」趙逸豐越過石椅，朝女孩伸出手。

女孩偷偷觀察，最終笑了起來，高舉雙手讓父親抱進涼亭，嚷著說想要先吃巧克力冰棒，想當然耳一秒被打槍；涂靜媛深呼吸後平復心情，趕緊要亞帆坐好，並分配餐具。

「吃飽才可以吃冰，我們先吃包子好不好？」她坐了下來，溫柔的看著趙亞帆。

「好！」亞帆總是乖巧聽話，她是真的視她為己出。

尤其知道她曾目睹生母跳海，痛苦到讓自己遺忘，那是多大的創傷？當她們第一次見面，亞帆將她視為生母時，她就發誓一定要當這個孩子的母親。

但是，她沒想到……世界上真的有這種鬼怪之事，而且她的生母未曾安息，也無視她對趙亞帆的付出，還因此痛恨她！想害死她跟她的孩子！

這下子，她都不知道該用什麼心情看待亞帆了。

彭重紹朝趙逸豐使眼色，為什麼來這裡還要吵？他表姊已經備受壓力了還想怎樣？趙逸豐跨過石椅朝著他低語，這是什麼地方他知道嗎？

是他前妻跳海的地方啊！

「那為什麼——」要來這裡啊！彭重紹突然意識到剛剛亞帆停下的地方，「該不會在……」

趙逸豐點了點頭，眼尾掃向背對著他們的涂靜媛，「她堅持要來。」

「搞什麼……」天，難怪亞帆覺得這裡似曾相識！

失憶雖然很可惜，像是腦子裡缺失了一塊，但對小孩子來說，她完全可以不必想起來，沒有關係的。

「做什麼？吃飯啦！」涂靜媛回眸說著，眼神倒不客氣。

「吃飯！吃飯！」趙逸豐大手朝彭重紹肩後一拍。

彭重紹趕忙拿起手機，如果那個前妻有怨，來到她自殺的地點是找死嗎？他要趕緊聯絡蘇先生，拜託他們應該能想出點方法吧。

※　※　※

「打不通！」連薰予放下手機，「LINE也沒回，可能是收訊不好或是被阻斷了，他們去了哪裡？」

危機天線感應到強烈的警報，他們都知道出事了！絕對要出事了！

從趙家出來後，蘇皓靖便一路飆往他們的暫居地，但突然想起彭重紹說他們要外出散心，連薰予便開始打電話，但完全無人接聽。

「海邊，他提到海邊。」蘇皓靖立刻轉向，「當年劉乃瑄墜崖的地方在哪裡？」

「咦？好！要確切地點嗎？我問問。」連薰予立刻一通電話打給芋冰城的老闆娘。新聞報導提到時都是比較模糊籠統的位置，但詳細的地點並不會寫明，連薰予打電話去冰店找人，老闆娘竟也不清楚在哪裡，不過她卻說能很快找到知情的人，請連薰予稍等一會；這段空檔，連薰予試著打給趙逸豐，一樣沒人接聽。

「全都打不通。」連薰予緊張的捏緊手機，「為什麼會想去那個海邊？」

「因為愧疚吧？劉乃瑄昨天那個模樣，沒把涂靜媛嚇得魂飛魄散就很厲害了，今天選擇去當年出事的海邊，鐵定是覺得劉乃瑄在生氣，所以她想道歉保命，或是把女兒還給她之類的。」蘇皓靖油門越踩越緊，「她已經被接二連三的事嚇到手足無措，這種反應是自然的。」

「為了保護自己的孩子，媽媽什麼都會做的。」連薰予才說完，芋冰城老闆娘的電話就打來了。

她清楚的告知是哪個路段哪個地點，還說了劉乃瑄的妹妹現在就在冰店裡。

「你們說我姊沒安息是什麼意思？」妹妹激動的問，「都已經四年了，我們的法事都做完了……」

連薰予聽著劉乃瑄妹妹的聲音，突然緊握住手機，「請問，妳姊有幫未出世的孩子取名字嗎？」

「什麼？」冰店裡的女孩愣住了，「什麼東西！」

「是男孩嗎？叫什麼名字？」連薰予誠心的想要一個答案。

「柏元。」妹妹小心翼翼的唸出這個名字，姊姊曾開心說過，她跟姊夫商量好了，孩子就取這個名字。

「謝謝。」連薰予沒有多餘的話，直接掛掉了手機。

她無言的看向蘇皓靖，那輛玩具車上就刻著柏元！在孩子出生前玩具都先買好了，最後卻母子俱亡，他們能理解趙逸豐的悲慟，而那輛玩具車成了悼念兒子的紀念品。

用刀刻上的名字，象徵著刻進心裡的想法。

「是那個奔跑的男孩嗎？」蘇皓靖突然踩下煞車，減速並切回自己的車道。

連薰予知道五秒後在轉彎處會有一輛大卡車過來，他們如果繼續超車只會撞成廢鐵，所以等待轉彎後，蘇皓靖再重新加速，超車前去。

現在是不得已的狀況，沒時間遵守交通規則了。

兩輛重機從他們左側呼嘯而過，連薰予驚訝的看著他們的時速，還有破碎的車體與剎那間扁掉的頭顱。

「別騎中線啊。」她喃喃說著，彷彿已經看到了不幸。

第六感告訴他們，那兩位重機騎士即將因為騎中線而慘死大車輪下，顱骨破裂，將被壓成一顆破西瓜；但是他們現在要去救彭重紹他們，即使得知他人的命運也無法改變什麼。

這就是她要學習的無力，她早就想像過，所謂那個「巫女」，擁有那麼強大的第六感，她能預知的事會更清楚透徹，卻不任意改變他人命運，那豈不是很痛苦？

至少如果是她，做不到收取代價才助人。

「沒空讓妳胡思亂想了，我們快到了。」

「好。」連薰予打起精神，輸入了剛剛劉乃瑄妹妹所說的地點。

導航上立即出現了目的地，還有五分鐘的距離，就能抵達劉乃瑄當年跳海的地方了——嘩沙！

浪激上礁石，破碎成白色碎布，女孩戰戰兢兢的往下看，每次浪來時會哇的一聲，然後後退一步，再引頸往前偷看；身邊坐在那塊石頭上的涂靜媛則拉著女兒的手，不讓她再往前。

亭子裡的趙逸豐收拾吃畢的食物，涂靜媛根本沒吃多少東西，隨便扒兩口就說要帶亞帆去散步，連彭重紹要跟著都被喝令不要靠近，因為她有話想對亞帆說。

說什麼啊？彭重紹試圖阻止，但卻被涂靜媛狠狠的瞪著。

小孩在場，他也不敢明著說，只能讓涂靜媛帶趙亞帆去散步，走在那凹凸不平的地上，前往當年那個「記憶點」；趙逸豐勸阻無效也無可奈何，這裡對他而言有太多痛苦，他想如果再在亞帆面前拉扯，反而讓孩子恐懼難過！

彭重紹試圖接近母女兩人，但不敢太靠近，誰叫表姊一副兇巴巴的樣子，覺得他礙眼。

「亞帆，媽媽想跟妳說個故事。」涂靜媛輕巧的拉回孩子。

「什麼？」女孩退後回到她面前，「媽媽，美人魚會爬上來嗎？」

「說不定喔，但美人魚都是晚上偷偷爬上來的，不會讓其他人看到！」涂靜媛溫柔的抱著她，「但是媽媽要說的不是美人魚，是另一個媽媽的故事！」

「另一個媽媽？」亞帆歪了頭。

「對……」母女倆迎著海風，涂靜媛用最溫柔的聲音，訴說著劉乃瑄的故事。

從懷孕開始，老公的忙碌忽略、一直到產前憂鬱，她刻意簡化並用童話的方式說著，這個媽媽沒有人理她，很可憐很難過，某一天她也來到了這個海邊，結果卻因為覺得沒有人愛她，一時太過傷心，跳下去了。

亞帆站在一旁聽著，忍不住皺起眉，「跳下去？」

「對，從這邊，跳下去了。」涂靜媛刻意指向前方崖邊，「她不是故意的，只是因為太傷心！可是她忘記她的女兒就在旁邊，嚇到她的女兒。」

「為什麼她很傷心？因為她的老公不理她嗎？」女孩問著，身後的浪拍打聲不斷，沙沙、沙沙……

似乎沒有人注意到，風浪似乎越來越大，剛剛的藍天白雲漸漸消失了。

「對，這叫產前憂鬱，因為她很害怕時，都沒有人在旁邊，有人想傷害她肚子裡的寶寶，卻沒人可以保護她。」涂靜媛仔細的說著，「她太害怕太難過了，一時不小心就掉下去了，然後她跟她肚子裡的寶寶就死掉了。」

「……咦？」亞帆再回頭看向那個懸崖，欸了好大聲。

「但是她另一個女兒都看見了！那個小女孩很小，所以被嚇到了，她太害怕，結果卻不小心忘記那個跳下去的是自己的媽媽，」涂靜媛小心翼翼的觀察著趙亞帆的臉色，她不在乎她聽懂沒，因為她只是要把這個訊息傳達出去。

傳達給劉乃瑄知道，她正在努力，讓亞帆知道自己有個生母，她沒有要取代誰的意思。

「可是，怎麼會不小心掉下去？」趙亞帆搖著頭，困惑的打斷涂靜媛的故事，「下面很可怕，不能不小心。」

「呃……她在哭嘛，眼睛看不清楚，不小心就掉下去了。」試著胡謅，涂靜媛都沒注意到她一開始說跳海，現在又成了不小心掉落。

遠遠的，傳來了喇叭聲，涂靜媛回首望去，連趙逸豐也從亭子裡往喇叭聲傳來的方向看去，看見直駛而來的車子，彭重紹興奮得衝出去。

「蘇皓靖！連薰予！」他立刻揮手，他打了好幾通都沒人回，他們怎麼直接過來了。

車子在涼亭前甩尾停下，趙逸豐還暗暗哇了一聲，這開車技術不錯啊。

車子一停妥，連薰予就衝下車，踉蹌的差點摔了個狗吃屎，直接撲向彭重紹。他趕緊接穩，一看他們的臉色就知道出事了！

「怎麼了？你們為什麼知道我們在這裡……」啊問這廢話，「發生了什麼事？」

「她們呢？你姊跟小孩？」連薰予掐緊他的手肘，為什麼亭子裡沒有那對母女的身影？

「姊帶亞帆去……之前姊夫前妻自殺的地方，她說要讓亞帆知道她有生母！」彭重紹正為此煩惱，「我不覺得逼亞帆想起來是件好事，你們幫我——」

「快點去帶她們回來！」連薰予二話不說甩開彭重紹，焦急的就要過去。

蘇皓靖先一步掠過大家穿過涼亭、再朝平台那兒奔去，趙逸豐焦急得攔住連薰予，「什麼意思！乃瑄還是不放過靜媛嗎？」

連薰予拚命的搖頭，「不想被取代的不是劉乃瑄，是亞帆！」

——咦？

女孩拉著站起的涂靜媛往崖邊去，她說大人是不可能不小心掉下去的，因為那邊很可怕，好高又沒有路；涂靜媛試著引導，她們一起逼近了懸崖，的確「不小心」這理由似乎太牽強了。

前方路不好走，而且光聽那激浪拍打聲，正常人都會卻步了。

「看吧，妳都不敢了！」亞帆勾著媽媽的指頭，晃呀晃的，「我都知道喔，因為媽媽是我推下去的啊。」

「噢……」涂靜媛猛然一怔，「什麼？」

「涂靜媛！離開崖邊！退後——」蘇皓靖的聲音傳來，他跳下某個大石塊，直衝而來。

但涂靜媛無法分神，她正看著眼前的女孩那天真的面容。

「有了弟弟，你們就不會愛我了。對不對？」

說時遲那時快，亞帆竟用力握住了涂靜媛的手，直接把她往崖邊甩過去——雖說孩子力氣沒那麼大，但這依然使涂靜媛重心不穩，往崖邊踉蹌而去，亞帆即刻鬆開手，打算使勁再一推——

剎！女孩的後衣領被人揪住，直接向後甩去，同時一隻大手及時抓住了涂靜媛的手，將她重新扳回，拉了回來。

「哇啊——」騰空向後被扔下的亞帆嚇得尖叫，落地時痛得哇哇大叫，「好痛！好痛！」

「妳會知道痛？」扶穩涂靜媛的蘇皓靖幽幽轉身，冷冷一笑，「惡魔。」

陸續衝來的趙逸豐與彭重紹一時搞不清楚情況，他們只看見蘇皓靖將涂靜媛拉回那塊大石邊，而小小的女孩卻被甩向後，重摔在滿是石塊的地上。

「爸爸……」亞帆回頭一見到父親，即刻嚎啕大哭。

「怎麼……這是怎麼回事！」趙逸豐整個腦袋都亂了。

涂靜媛緊緊抓著蘇皓靖，完全不敢相信，「她……她剛剛說……是她把劉乃瑄推下去的。」

她沒聽錯吧？剛剛亞帆是這麼說的！

「胡、胡說什麼？」趙逸豐根本無法接受，「她不記得乃瑄啊！」

「我想根本都記得吧？偽裝失憶是最好的方法，我只是不懂……當年只有三歲的小孩，為什麼會這麼殘忍？」連薰予慢條斯理的由後走近，「有什麼附在她身上嗎？」

「看不出來。」中間隔著趙亞帆，蘇皓靖很認真觀察著，怎麼看感覺就是名普通女孩，「因為這樣才令人覺得更可怕。」

趙逸豐拉起女兒，她摔傷了，這裡處處是石頭，趙亞帆手上又是瘀青又是流血，腳也處處擦傷，一臉可憐兮兮。

「別、別理他們，爸爸帶妳去上藥。」這些人信口開河，簡直胡說八道！

「她親口對我說的！說如果有弟弟的話——」涂靜媛突然激動的喊了出來，「我、我們一定還是會愛妳啊！」

為什麼帆帆要這樣說？

被拉著要離開的趙亞帆突然抗拒，皺著眉用力搖頭，「騙子！你們就會只愛弟弟了！」

趙逸豐驚愕的望著女兒，「什麼？怎麼……不會啊，誰告訴妳會這樣的？」

「就是會！大家每次都在說弟弟、弟弟，布置弟弟的房間，買弟弟的玩具，都沒有人理我！」趙亞帆突然失控般的甩開趙逸豐的手，「之前那個弟弟就是啊，我想要一個小 Kitty，媽媽都不買給我，但是你們買了那個藍色的玩具車給弟弟，他都還在媽媽肚子裡耶。」

這媽媽，指的是劉乃瑄！彭重紹詫異到說不出話來，亞帆根本什麼都記得！

「剛剛我們在你們家找線索時，遇到了趙亞帆的老師來訪，你們沒人幫她請假，老師聯繫不上便親自過來，順便給我們看她的發現。」連薰予淒涼的嘆息，「她很喜歡畫畫對吧？但每一張畫下面，都有另一張圖，每一隻 Kitty 娃娃下頭，都是慘死的小孩圖，上面再蓋上她的 Kitty。」

以粉蠟筆作畫，趙亞帆總是塗得很厚，所謂的顏色飽滿。

老師是不經意透過光才瞧見的，在躺在地上的 Kitty 底下有其他影子，她仔細瞧著，發現是個斷頭的嬰孩。

「我們也用刀片直接刮開你們家的畫，可真是張張精采，小小年紀畫功不差，死法推陳出新，斷頭或是開腸剖肚，一目瞭然。」蘇皓靖誠心的讚許，「噢，我覺得最有創意的是把嬰兒煮成火鍋那張。」

涂靜媛聽了只覺得渾身冰冷，站都站不住的任蘇皓靖扶著坐上那塊大石，而趙逸豐一臉不可思議的看著自己的女兒，他不相信、無法相信這天真可愛的孩子，會做出這樣的事。

「所以，乃瑄……妳媽媽不是自殺的嗎？」他顫抖著問。

「我推她下去的！誰叫你們一定要弟弟，我也覺得很煩。」趙亞帆露出不耐煩的神色，「我一直嚇媽媽，再拿破掉的杯子割媽媽肚子，但是媽媽都沒有跟電視上一樣，說寶寶會不見。」

是的，在櫥櫃縫隙裡撿到的就是瓷杯破片……那天的杯子真的是趙亞帆打破的，她再裝無辜，且偷偷藏起瓷片，後來，又趁著劉乃瑄午睡時割劃她的肚皮，再及時奔回自己房間，佯裝睡眼惺忪不知發生什麼事。

劉乃瑄看到家裡有別人、物品移動、杯子打破，甚至連洗澡關燈，只怕所有異狀都是小小的趙亞帆所為。

「那……我表姊家裡的怪事呢？」彭重紹沒忘記重點，「奔跑的孩子？移位的東西……甚至那個骨灰護身符？」

趙亞帆不以為意的昂起頭，「剪刀跟衣服都是我放的，但男孩的事我沒說謊。」

涂靜媛都快站不住了，這是她最可愛的女兒？

連薰予略帶悲傷的看向趙逸豐，「你們屋裡的孩子，是那個弟弟——柏元。」

「什麼?」趙逸豐震驚得一口氣差點上不來,「他不是跟著乃瑄一起……」

是啊,一起身故,所以他只是個靈體。

「孩子靈體沒走,跟你前妻一樣,但我不覺得他有惡意,這裡頭唯一有惡意的就只有可愛的亞帆了!」蘇皓靖下意識的朝崖邊瞥了眼,怎麼氣氛不太對啊。

風變大了,天色轉為陰暗,今天會變天嗎?

「我又沒錯!誰叫你們都一直在講弟弟、弟弟、弟弟!一旦弟弟生出來,就沒人愛我了。尤其這個媽媽——」趙亞帆不客氣的衝著涂靜媛大喊,「弟弟才是妳的小孩,到時我就什麼都不是了」

「亞帆!妳怎麼可以這麼說?」彭重紹也受不了了,「大家都還是會愛妳的,我們都很喜歡妳啊!」

「騙子!那是因為弟弟還沒出生!大人都在說男孩子好,可以傳宗接代,奶奶也說幸好媽媽又懷上男生,才對得起祖先!」小孩子什麼話都聽得清清楚楚,「沒有弟弟,你們才會只疼我一個人!」

涂靜媛全身發顫,一股惡寒襲來,她想都沒想過,這樣一個七歲……最該天真無邪的孩子,竟然會惡毒至此?為了被大家疼愛,不惜殺掉自己的媽媽?

「我就算了!我真的……我不能保證我的孩子出生後,還能對妳有全心全意的愛！」她忍不住哭了起來，「但是、但是妳的媽媽怎麼會不愛妳？妳是她的孩子，妳怎麼可以這樣！」

亞帆露出疑惑與悲傷，「她就要生弟弟啊，而且……」

而且？女孩沒說下去，只露出冷冷的笑。

她沒有自責沒有悲傷，有的只是理直氣壯，對她而言，她只能是家裡唯一的孩子，這樣大家才會疼她、愛她，才不會把愛分給其他的孩子。

這是一般人看見的，但是蘇皓靖與連薰予眼裡並非這麼單純。

「是我的錯……是我！」趙逸豐震驚到難以承受，「我不知道這孩子是這樣想的。」

彭重紹現在覺得這個七歲小女孩好可怕，他趕忙到涂靜媛身邊，他要立刻帶表姊走——等等。

「不對啊？」彭重紹終於想到重點，「是妳害我姊犯上禁忌的？那個骨灰符也是妳做的嗎？」

那天產檢完……表姊是帶著亞帆出去的，然後路上是她喊渴，所以她們才在廟前買水，然後一起進了廟！

「那間從來都不是廟，陸姐昨天帶人去查，從頭到尾就是個廢墟，涂小姐進了幻境才會認為那是間廟。」蘇皓靖瞥了一眼涂靜媛，「還買了冷飲、喝了那、裡、的、水，對吧？」

咦……涂靜媛呆住了，那天她的確是進了那間廟啊，有香客、有神明，而且跟亞帆一起在裡面求了護身符……跟亞帆？

「一切都是幻象，昨天市區半夜的廢墟火災，就是我姊她們差點燒死在裡面，妳看到的香客應該都是亡靈，也或許還有妳那骨灰安胎符的主人。」連薰予刻意繞過趙逸豐背後，也走向蘇皓靖，「總之，應該是亞帆她帶著妳前往那間廟，跟妳說口渴……總不會連護身符都是她說要買的吧？」

昨晚涂靜媛不是還循循善誘的「喚起」女孩的記憶？問她紅色還是橘色？小女孩裝傻裝得真像，一臉聽不懂的模樣，看起來當時連平安符的款式都是她選的呢。

『媽媽，那個符不是可以保平安嗎？可以讓弟弟也平安嗎？』小小的孩子用純真的眼神望著她，涂靜媛一直記得那時她心裡有多感動，為未出世的孩子，能擁有這麼愛他的姊姊而感動。

然而……這是她故意的？

一陣噁心感湧上，涂靜媛轉頭就往旁邊吐了起來，她想起那天她喝的水，不敢想像她究竟喝了什麼！

「但是你們這樣說……說得好像亞帆跟詭異的東西有勾結？」彭重紹不可置信的看

著趙亞帆，「她真的是亞帆嗎？帶著我姊進入鬼打牆的世界？」

不是亞帆？趙逸豐看著孩子，不敢相信目前發生的所有，這怎麼看都是他的孩子啊！

「或許只是生病了！我、我會帶她去看醫生的！」趙逸豐誠懇的說著，蹲下身子看著女孩，「帆帆，沒事的，爸爸會照顧妳。」

「我才沒有生病，我就是不要那個弟弟，我弟弟妹妹全部都不要！」趙亞帆對著父親怒吼，「爸爸，你不能就只愛我一個人嗎？我都願意叫她媽媽了。」

趙亞帆並不是被附身，她一直都是一名七歲女孩……連薰予喉頭緊窒，她覺得……趙亞帆恐怕就是姊姊所謂的「黑暗」。

「為什麼那個孩子不能生下來？」連薰予幽幽發問，「妳對妳的親生母親這麼說過，柏元是不能被生下來的。」

昨晚的幻象是真的，被壓在餐桌的她，承受著肚子被切割開的一切，那個拉著她的手的趙亞帆五官融解成窟窿從不是假，她該完全信任自己的直覺——昨晚她第六感就已經告訴她，趙亞帆就是那個殺掉母親的人！

「因為要愛我啊！」亞帆一臉不耐煩，彷彿她問了廢話。

「不必裝了，妳騙不了我們，我們知道妳當年、現在都做了什麼。」蘇皓靖直截了當，「妳是所謂的黑暗嗎？就是跟連薰予作對的那個？」

這句話問得大家丈二金剛摸不著頭腦，但趙亞帆只是無奈的翻了個白眼。

「反正誰都不能出生，我就最討厭你們！」亞帆一把推開了蹲在跟前的趙逸豐，「我喜歡新媽媽，但我不要弟弟，可以把弟弟殺掉嗎？」

「亞帆！」趙逸豐忍不住驚呼出聲，「不可以！」

女孩委屈的看著父親，淚水盈眶，彷彿在說：為什麼你不站在我這邊？

咦！連薰予突然蹙眉，看向了崖邊，有什麼東西上來了！

「帶涂靜媛走！」蘇皓靖突然抓過了涂靜媛，「彭重紹！立刻帶你姊走！」

彭重紹反應迅速，他趕緊攙扶著連站都站不穩的涂靜媛就要離開，但這時亞帆卻直接朝他們衝過來，殺氣騰騰，完全看不出來是個小孩子。

蘇皓靖一個箭步上前直接擋下女孩，非常粗暴的將她往後推去——但一抹身影瞬間跳上，連薰予拉著蘇皓靖的衣服往後，那影子幾乎從蘇皓靖的鼻尖前掠過。

濕透且全身骨頭碎裂的女人歪斜著隻手撐地，防備般的擋在亞帆面前。

生母出現了。

第十二章

「啊……哇呀——」涂靜媛歇斯底里的尖叫著，彭重紹只能把姊姊抱在懷裡，叫姊姊不要看。

沒事沒事，腐爛中的他都見過，沒關係，他心理素質強大！

三公尺外跌坐在地的趙逸豐怕是站不起來了，他看著那穿著白裙的女人，兩隻腳開始誇張的發抖。

「媽媽來了啊，妳生的妳要自己解決嗎？」蘇皓靖倒是不客氣，還有空理理自己的衣服。

『不許碰亞帆……』劉乃瑄一字一字緩緩的說著，連薰予掐緊蘇皓靖的手，感覺到了嗎？

不止一個……有無數亡者從海底回來，正緩緩沿著崖壁爬上來了。

一具接著一具喪生於大海的人們，此刻從這聳立崖邊依序爬上，不知何時陽光盡失，天色晦暗不明，狂風大作，掀起更高的浪，浪打上礁石時，彷彿可以聽見悲鳴聲。

然後，浪花打上的瞬間，能抓住礁石的亡者就這麼順著上岸了。

連薰予鼓起勇氣來到崖邊，看著爬上來的一具具海屍，心頭涼了半截。

「妳叫來的嗎？為了什麼？」她機警的後退，質問著劉乃瑄，「為了保護妳女兒？還是為了傷害其他人。」

劉乃瑄吃力的站直身子，她至今仍挺著那顆孕肚，全身濕透，伸長滿是傷痕的手，想要護住的仍舊是趙亞帆。

「她昨天都說對不起了，我想又是一位逼不得已吧？」蘇皓靖凝視著那偉大的母親，「想針對小薰還是我？有人威脅妳，不下手就傷害亞帆之類的嗎？」

說著，崖上攀上了第一位亡者，衣衫襤褸，腐敗不堪，但都已經不成人形。一個接著一個，它們不遺餘力的爬了上來，連薰予嚇得節節退到蘇皓靖身後，這時想打電話找陸虹竹還來得及嗎？

按常理說，雖然不關他們的事，但這些人鐵定是來找他們麻煩的，現在他跟小薰的位置離崖邊不過就兩公尺遠，要把他們拉下海並不難……嗯，如果這些亡靈做得到的話。

蘇皓靖一邊摟過連薰予，同時推了彭重紹一把，剛剛不是就叫他走了嗎？怎麼還傻在這裡。

「姊……我們走！」彭重紹是真的呆住了，他撐住涂靜媛的全身才能挪動她。

「不可以！」趙亞帆竟追上前，「我不要弟弟！」

彭重紹隻手擋下她，實在難以相信這個女孩的喪心病狂，「難道妳又想再推這個媽媽下去嗎？」

「反正，爸爸不是會再給我找新媽媽嗎？」亞帆直接從她身上的梨花熊包包裡，抽出了一柄牛排刀。

也就是玩具車裡的那把！同款啊！

不——趙逸豐終於崩潰，他已經無法思考與接受發生的事實，他的女兒不是這樣的，他的亞帆該是全世界最乖巧的女孩啊。

趙家人的事自己解決，蘇皓靖沒空理睬，面對跳撲而來的第一個亡靈，他讓連薰予先跳上那塊大石閃過，但轉眼間他們幾乎被團團圍住，連後方可以往海邊走的路都被堵上，未曾想見，葬生大海的人竟如此之多。

「我想直接放大絕了。」蘇皓靖伸手朝向連薰予，「但我猜它們——」

餘音未落，立即有亡者從他們中間飛過，連薰予俐落的往另一邊跳下，而蘇皓靖被迫朝後退卻、也更逼近崖邊，就此與連薰予分開。

對，當然不會讓他們在一起的，因為隨便一個吻就足夠把它們逼回海裡了吧？

「連薰予！妳行嗎？」遠遠的，傳來蘇皓靖的叫聲。

他們的距離拉遠了，連薰予一路往海邊逃去，來自厲鬼的跳殺與追擊，她都能用直覺閃躲，但是她知道閃躲不是辦法，要解決它們才是根本的解決之道。

蹲下，站起，回身就是一鞭，這是姊姊給她的柳葉條……偽柳葉條，捲起來當腰帶還挺合適的！

反正都是法器就對了。

「我、可、以！」她瞳孔瞬而放大，立刻向右閃躲，讓後方欲傷害她的亡靈直接一拳戳進了她面前的亡者眼窩。

專心，只要善用自己的第六感，她就能避開這些傢伙的。

蘇皓靖當然知道她可以，近來可沒少鍛鍊體能，重要的是他們都有強大的直覺，能輕易判定這些傢伙的意圖與方向，就像——喊不出話的亡者抓住了他的手，得意般的將他往崖邊拖，他只是笑笑。

「太天真了。」他輕笑，手上轉著短刀，「Surpise！」

一刀朝亡者手腕切下，這刀子削水果不行，切肉不行，但對付魍魎魑魅……那可是削鬼如泥呢。

蘇皓靖再補上一腳，又讓它們回到海底了。

『啊啊啊——』

「不錯耶，品質保證。」亮晃晃的刀子在前一劃，嚇得所有亡者齊齊退後，那光亮

的刀面上還刻著「祈」字，是跟陸姐買的

劉乃瑄驚恐的看著眼前失控的情況，即使連薰予越來越遠，蘇皓靖離崖邊如此的近，卻都無一人受傷或死亡，這不行的……她悲傷的看著自己的女兒，為了保護亞帆，她有必須要做的事！

回過神的趙逸豐衝上前，由後抽起了趙亞帆手上的刀子，直接往地上扔去，再狠狠的刮了她一巴掌。

「住手！妳夠了沒！」趙逸豐抓著女兒雙臂搖著，「清醒一點吧妳！」

趙亞帆才一臉不可思議，緊接著又哭了起來，「我就知道，你們只喜歡弟弟——」她號哭著，對父親拳打腳踢，「媽媽——媽媽——」

後面的媽媽，是對著扭曲的劉乃瑄喊的。

涂靜媛幾乎暈厥，又沉又重的讓彭重紹快抱不起來，這些場面他太熟了，但慶幸這次沒人找他的麻煩，至少還能專心護著表姊……不過蘇先生他們就真的被他連累了，為什麼那些海中浮屍都想拖他們下海呢？

彭重紹半拖著涂靜媛回到涼亭邊，吃飯前他有先見之明，把車上所有跟陸姐買的護身符、觀音像還有佛珠都帶下來了，一一繫在涂靜媛身上，然後剩下的就是他這個人肉保鑣了。

再怎樣，他不至於會輸一個七歲的殺人狂吧？

「不會吧……」蘇皓靖站在崖邊瞧著，被踹下海的亡者瞬間碎掉，但接著下一個大浪打上礁石時再度復甦，這樣下去不是辦法……一秒原地蹲下，後頭本要推他下海的亡靈，直接從他頭上翻滾下去。

這裡沒有戾氣也沒厲鬼，殺氣最重的是一名七歲的小女生，所以他感受不到極大的危險，不過如果這些浮屍絡繹不絕，他跟連薰予氣力終將被耗盡，這也不明智。

離開這裡應該不太容易，看看遠處的釣客早已消失，他們早就被圈進另一個空間裡了；蘇皓靖回身走去，不停乾淨俐落的閃躲浮屍或順便給個幾刀幾腳，但眼神始終鎖在趙亞帆身上，再看向了另一邊的劉乃瑄。

重點從來不是這位被推下去的生母，而是這個女兒。

要讓水停，得先關掉水龍頭吧？

『你知道黑暗是什麼嗎？』

低沉森幽的聲音突然傳來，蘇皓靖警戒的朝四周張望，卻不知道是哪個亡者的聲音，連遠在二十公尺外的連薰予也聽見了，這聲音她記得……那就是她被第六感反制，壓在地上被剖開肚子時聽到的聲音。

『那個女孩就是黑暗，所有人都有黑暗的心，這是無法抹滅的。』仔細聽，這聲音忽遠忽近，忽男忽女，有時還像從海裡發出的，『只要人類有邪念，黑暗就永遠都會存在，所以……光是沒必要的。』

「但沒有光怎麼會有影子？」連薰予冷靜的回應。

『但，黑暗卻不需要光。』

就在蘇皓靖附近不遠處的劉乃瑄終於邁開步伐，她知道這樣子是錯的，但是亞帆是她唯一的女兒啊！

蘇皓靖感覺到時已經來不及了，他轉過身時，只看見劉乃瑄抓起了地上的刀子，直接刺進趙逸豐的頸動脈裡——糟了！

「姊夫！」彭重紹嚇傻了大吼想衝過來，但沒兩步就止住……他不能放下姊姊！必須以表姊為優先！

「啊……」連薰予差點握不住手裡的柳枝條，她看向遠方灰暗的天空，此時遠方角落像有一大片烏雲慢慢的擴散開來。

所謂黑暗。正朝著他們席捲而來。

趙逸豐詫異的看著劉乃瑄，他腦袋一片空白，什麼都無法思考，頸動脈的血噴得到處都是，更是濺滿亞帆的臉。

「爸爸？」女孩明顯的錯愕，她蹙起眉不解的看向劉乃瑄，「媽媽，妳怎麼可以殺爸爸！」

殺生，只為一件事……劉乃瑄笑了起來，她瘋狂又崩潰的大笑出聲，一個亡靈如不殺生，該怎麼獲得力量？該怎麼成為厲鬼？怎麼有辦法完成任務、救她的女兒？

在刀子刺入趙逸豐頸子的瞬間，蘇皓靖立即回身朝連薰予衝去，她也同時往這裡奔來，他們都知道情況變了——劉乃瑄即將成為嗜血的厲鬼，他們兩個如果不在一起就麻煩了！

『啊啊……』一時間那些好不容易爬上的亡靈居然爭先恐後的跳海，看樣子比人類還害怕！

「有沒有搞錯啊喂！」蘇皓靖邊跑邊嚷嚷，「你們跑什麼跑啊！」

「小心！」就快觸及彼此的連薰予尖叫，因為劉乃瑄從蘇皓靖身後殺過來了！

蘇皓靖沒有回頭，他選擇踩著一旁的石頭往左跳上，劉乃瑄疾速的殺勢只能撲空，但是卻沒有遲疑的轉而朝連薰予衝去，她則緊握著柳枝條，在面前揮動，果然令劉乃瑄有所忌憚。

現在的劉乃瑄已經不是那個慈母了，她瞪著連薰予，心裡只有一個念頭：殺！她或他，無論如何都得殺掉其中一個……就從弱的開始吧。

劉乃瑄速度飛快讓連薰予難以捕捉，但她知道怎麼閃躲，雙手拿著柳枝條擋在身前當盾牌，卻還是被眨眼繞到她後方的劉乃瑄一爪子在背上刨出了五條血痕。

「啊……」但是這一推，反而把連薰予推向了蘇皓靖。

彭重紹緊張的就要跑下來，但蘇皓靖頭也不回的大聲一喝：「留在那邊。」讓他止了步。

回首看著涂靜媛，他得護著表姊是嗎？

蘇皓靖趕緊拉過連薰予，擎著短刀……嗯，「換一下。」刀子太短，改拿柳枝條對著劉乃瑄。

『你們之中，必須死一個。』劉乃瑄眼尾朝天空看去，戰戰兢兢的瞪著，黑暗逼近，已遮蓋三分之一個天空，被遮蓋處看起來是徹頭徹尾的黑。

背部劇疼的連薰予彷彿已經看見了……一旦籠罩大地，會是伸手不見五指的黑暗，而他們會永遠被囚於這個空間。

「為什麼是我們之中的一個？」她看著劉乃瑄，疼得直不起身，「妳的目標應該是我！我才是那個轉世的人！」

蘇皓靖悄悄的笑了，真是傻小薰，打從他們認識開始……那些亡者的攻擊，就一直是他們之中隨便一個死就可以的情況啊。

低首吻上連薰予，他們的接觸總是……連薰予緊張的即刻推開他，因為竟還有埋伏的浮屍往他們中間撲了過來！

浮屍手持石頭從中間硬生生將他們分開，而此時的劉乃瑄抓到空檔毫不猶豫的直接對準蘇皓靖的頸子刺入……但他的速度更快，差之毫釐的甩頭閃過割開頸子的利甲，同時徒手握住了劉乃瑄的手。

說徒手是客氣了，畢竟他掌心裡倒掛著八卦鏡。

『啊啊啊——呀——』劉乃瑄痛苦的尖叫著，妙的是，與背後正在哭號的亞帆聲音十分相像。

連薰予由後抱住蘇皓靖，只是擁抱就能讓蘇皓靖掌心裡的八卦鏡發出微光，微光通過劉乃瑄的血管筋骨，一路朝她的四肢百骸竄去。

所以她馬上撕扯掉自己的手臂，未曾遲疑的「壯士斷腕」。

蘇皓靖因為反作用力往後退，趁機帶著連薰予朝趙亞帆的方向跑去，天空的黑暗快逼近了，他暫時還不想明瞭那是什麼東西，他只想著關掉「水龍頭」！

「你就繼續待著，不要動！」連薰予朝彭重紹喊，誰讓他越來越靠近下方，一直想來幫忙。

連薰予知道蘇皓靖想拿亞帆當人質。但她不希望這麼做，跳過趙逸豐的屍體時，一個旋身，重新捧住蘇皓靖的臉便吻了上去。

心無旁騖的深吻，他們能造就最大的力量。自他們體內形成一個紫金光球，越擴越大，這可怕的光足以把厲鬼震開甚至摧毀！

劉乃瑄痛苦的哀鳴，但是她不能懈怠……她答應過的，一定要殺死其中一個。

她那六個月的孕肚，突然自中間裂開，肚子裡竄出的兩條長手如蜘蛛腳般在地上爬著，而裂開的肚子成了張大的嘴，滿布尖牙，以爬行之姿朝接吻中的情人逼近。

彭重紹看了只覺得頭皮發麻，天色變得太暗了，但他還是可以看見那個扭曲的厲鬼身上開始因被燒灼而慘叫，可還是拚了命想從背後攻擊蘇先生。

「為什麼妳要殺死爸爸！」待在趙逸豐身邊痛哭的趙亞帆突然看向劉乃瑄，甚至站起身擋住了她的去路！

劉乃瑄登時愣住，因為趙亞帆就站在當初她坐著的大石邊，這裡是最狹小的通道，她過不去。

蘇皓靖聽見了，他舌尖勾著連薰予，輕咬了她的唇，惹得她睜眼抗議：幹什麼？專心啊！

還沒來得及說什麼，她忽然一顫身子，感受到有隻手鑽進她衣服裡了——蘇皓靖！

『讓開！亞帆！』劉乃瑄面目猙獰的喊著，『啊……』

他們的力量更強大了，從他們體內迸出的紫色光圈，因某人的「上下其手」，變成更具力量的金色光圈，幾乎要燒乾劉乃瑄的靈體。

「妳殺死爸爸了！誰來愛我啊！妳應該去殺弟弟啊！」趙亞帆哭喊著，向左指向躺在涼亭裡的涂靜媛，「妳如果真的愛我，就應該去殺弟弟，不是爸爸——」

伴隨著尖叫，女孩發瘋似的拿著刀子就朝劉乃瑄身上猛刺，這些東西對厲鬼不具傷害力，但卻……可以傷她的心！

接吻的情人發揮出可怕的力量，劉乃瑄覺得她的靈魂都要被震碎了，她再也無法前進……她甚至無法直視那對情人身上發出的光，那些光正朝著天空中的黑暗而去，像是打算沖散黑暗似的……但是不行，她答應過的……

就算她的女兒是個心理變態的殺人狂，但那還是她的寶貝女兒。

海蝕崖上的碎石，顫動著。

但接吻的情人不知道，連薰予羞得滿臉通紅，她想掙扎又不知道該怎麼辦，清楚的感受到蘇皓靖的手已經包覆住她的胸部了……腦子裡亂得無法思考，她現在應該是在……危機當中吧。

彭重紹面前就是三十公分的石塊台階，也正是蘇先生他們的位置，他們身後兩公尺處是在發瘋的亞帆，以及快癱倒的厲鬼……所以他留意到了！帆帆背後的地面上，所有的小石子都違背了地心引力，一顆顆浮起來了。

糟糕！他回頭把手裡的觀世音像穩穩放在涂靜媛身邊，他慶幸表姊的昏迷，至少不必看到這些可怕的畫面。

緊張的跨過圍欄後，他重新回到海蝕平台上，他看得出來只有帆帆背後才有懸浮在空中的石子，像是打算攻擊蘇先生他們，但他更知道，這時候絕對不能打擾他們。

『啊啊……啊——』劉乃瑄發出最終悲鳴，她整個靈體開始冒出火光，即將被燒毀殆盡似的……

劉乃瑄血紅的眼瞪著那些石子，她必須……保護……

就算墜入地獄，也不能讓孩子受到傷害。

『媽媽……一直都很愛妳……』全身起火的劉乃瑄已經完全趴在地上，流下的淚水都是紅色的，『啊，啊啊，啊啊啊——』

伴隨著淒厲的慘叫，在被打散前，她用了最後一絲力量，將所有的石子朝前方射去。

剎那間，蘇皓靖壓著連薰予往地上撲去。

嚓嚓嚓，眾多石頭劃開空氣，幾乎從他們四周與上方掃過，緊接著掉落在地，噠噠聲如落雨。

躺在地上的連薰予因為剛剛背部的傷加上直接躺地，無法控制的尖叫，不過蘇皓靖已經盡量護住，用大手扣著她的後腦勺，避免猛然壓倒的撞擊，但兩個人仍舊摔得渾身發疼。

但，更驚人的第六感旋即襲來——「啊！」

連薰予狠狠的倒抽一口氣，瞪大驚恐雙眼看著壓在她身上的男人，不是為自己的痛，更不是為了劉乃瑄的消失。

蘇皓靖低垂雙眸，自連薰予的頭下方抽回自己擦傷流血的手，帶著惋惜與不捨撐起身子，緩緩轉了過去。

『我說了，不收你禮。因為你欠著我人情債。』

他的身後，站了千鈞一髮之際衝來的彭重紹，他剛試圖想要喊卻怕影響他們，最終下意識衝來為他們擋下那些石子。

他沒想到的是，那些大小不一的石子如子彈般，射進或穿過他的身體，在他身上刺了個千瘡百孔。

「彭重紹！」連薰予激動得要坐起，但背部的傷讓她痛到難以動彈，但是她記得，她都記得……

那是解決掉彭家犯上掃墓禁忌後的事，因為之前某起意外車禍，蘇皓靖約阿瑋和解，還給他二十萬當和解金，當時阿瑋不好意思收下，彭重紹抓準機會，表示剩下十萬由他出，想當作回報給他們。

『犯不著，說了不收你禮。』當時的蘇皓靖即刻駁回，『我喜歡讓人欠著人情債。』

這次在燒肉店偶遇，彭重紹要請客時，蘇皓靖又再說了一次：

『遲早有的是時機你能回報我的。』

『那是什麼時候？蘇先生，你這麼厲害，怎麼會有需要我幫忙的地方？』

「我早就說過，終有還我的一天。」站起的蘇皓靖走到他右斜前方，天空依然沒有恢復，黑暗依舊蔓延，即將吞噬所有。

彭重紹全身重傷，要害處均被射穿，血液正大量湧出，鮮血自嘴角流下，發抖的雙腳朝地上跪去，但蘇皓靖卻一把握住了他右臂，支撐著他。

「事情還沒結束。」蘇皓靖意有所指的說，「劉乃瑄是解決了，但我們還在這個鬼打牆的世界裡，我們都知道水龍頭是誰。」

「爸爸！」身後傳來女孩的哭喊聲，她再度轉身趴在趙逸豐屍體上泣不成聲，「你怎麼可以死掉！弟弟才應該死！」

亞帆哭著，楚楚可憐的抬起頭，看向上方涼亭石椅上的涂靜媛，她委屈的重新握緊沾滿黏稠血液的刀子，站起來準備走向涼亭。

才走兩步，就有人抓過她的衣服，直接往後拖去，亞帆嚇了一跳，措手不及的回頭，「舅舅？」

還有舅舅會疼她吧？亞帆這麼想著，彭重紹則踉蹌的朝崖邊去……幸好，這裡距離崖邊很近，他……彭重紹砰的不支倒地，亞帆跟著摔落。

「舅舅，你怎麼了！好痛耶！」亞帆翻身爬到彭重紹身邊去，他離崖邊就只差一點……點……了……

彭重紹吐出大量鮮血，躺在地上開始抽搐，蘇皓靖無奈的嘆氣，看來得由他動手了。

「不可以！蘇皓靖！」連薰予咬著牙，掙扎坐起。

「我們都快被吞噬了，不要在那邊扮演聖母婊！」蘇皓靖堅定的走向趙亞帆，但女孩聽見他的聲音，隨即回頭舉起刀子。

她，最討厭這兩個人！這兩個叔叔阿姨最討厭了！

「這不是聖母……她是人，你如果殺了她。那你就犯……」

咦！

連薰予還沒站起，就看見躺著的彭重紹突然將亞帆勾進懷裡……亞帆微怔，但就趴在彭重紹胸前。

「舅舅？」

蘇皓靖戛然止步，不再妄動。

彭重紹吃力的瞪大雙眼，像在蓄力似的，便抱著趙亞帆用盡最後的氣力，翻滾了身子……就這麼滾下崖邊。

咦？亞帆意識到的瞬間，已經來不及了，「舅——」

「世界上沒有人會愛妳，因為妳不值得。」彭重紹緊抱著亞帆，附耳說了最後一句話。

嘩……浪聲太大，蓋掉了該是粉身碎骨的聲音。

四周開始轉暗，但天空呈現混亂龜裂，蘇皓靖立即回身奔向連薰予，再一次深入的吻著，她抗拒、她亦厭惡，但接觸造成的淨化，依然轉眼間讓光照入黑暗，藍天再現，風平浪靜。

清楚的感受到他們已回到原本的世界，蘇皓靖這才離開柔軟的唇。

趙逸豐的屍體仍舊趴在那，涂靜媛在石椅上陷入昏迷，遠遠平台邊的釣客自在閒聊，世界平靜得像沒發生過事情一樣。

蘇皓靖逕自走向崖邊，往下望去，彭重紹抱著亞帆就砸在礁石上，浪花持續的激起、拍打再散去。

呼……蘇皓靖至此終於鬆一口氣，是時候可以報警——才回頭，就被甩上一巴掌！

連薰予拚了命咬著牙，一拐一拐走來的，怒火中燒！

「你早就知道了！」她喊著，「你都知道！」

「是，所以？」蘇皓靖微舔了嘴角，平靜的回應，「妳現在才知道我不愛干預他人命運？」

「他人？那是彭重紹啊！」連薰予哭了起來，「你當時就知道，卻什麼都不說！你怎麼狠得下心！」

「那是命，他的命！跟狠心與否有什麼關係？」蘇皓靖箝住她的雙臂，「理智點連薰予，妳管不了天下人，救不了所有人的命！」

「可是……可是他是朋友啊！」連薰予哭得傷心欲絕，用力的捶打他。

「就算是朋友，也是命。」蘇皓靖的聲音聽起來如此溫潤，但說的話卻讓她心痛，「回到妳解救羅詠捷的那晚，妳怎麼知道不會因此害死其他人，或是給羅詠捷的未來帶來更大的悲慘？」

「才不……才不會！」她恐懼的喊著，為什麼他總要這樣想？

車聲傳來，他們都知道，祈和宮的人來了。

蘇皓靖溫柔的拉過連薰予，試圖安慰她，他沒有錯、也沒有殺人，只是利用了命運而已。

「巫女！」風蘭衝了過來，蘇皓靖舉手示意沒事。

「她背部需要處理，被厲鬼所傷，這邊剩下的就交給妳們了！石椅上的孕婦剛歷經家破人亡，要小心看顧。」蘇皓靖再指向崖下，「下頭是我們朋友跟一個女孩，需要收屍，所有人都必須經過最徹底的淨化——尤其是小孩。」

「……好。」風蘭回應得有些遲疑。

「然後先派專車載我們去醫院，我們太累了！結束後要回我家休息，到時再麻煩妳們派幾個人來守著，我們需要徹底補眠。」蘇皓靖才要走，又轉了回來，「劉乃瑄剛變厲鬼，被我跟小薰解決掉了，但這個也要處理，追蹤一下她跟趙亞帆生前死後的狀況，有什麼在控制她們……辦得到吧？」

「當然辦得到。」面對質疑，風蘭立即反駁。

「那就好。」蘇皓靖帶著連薰予轉身，「小心，妳背部都是血了。」

連薰予背部痛到走不動，還想抗拒著蘇皓靖，「我討厭你。」

「我知道，我知道。」他像哄孩子似的，撫著她的頭。

兩人相互依偎，很快就有人上前接應，雙雙踩著蹣跚的步伐離去，所有趕至的人紛紛對連薰予行禮，風蘭望著那對背影，說實話這樣子看過去……都不知道是在對誰行禮了。

而且，她們的巫女是連薰予，又不是那個花心男人……但為什麼，他的命令會令人難以抗拒？

「報警。」風蘭轉頭下令，「現場先設下結界，圈住所有相關的亡者。」

「是。」

踩在崖邊，她眉頭深鎖的望著底下的屍體，婆婆們說的故事她一直沒忘記，巫女的強大力量，與政經界的結合，上一代的巫女是怎麼死的，以及……

關於她的宿敵，最後是戀人的這個部分。

※　※　※

咚、咚、咚、咚。鎚子一鎚鎚的釘上，最終封住了塔位，涂靜媛淚流不止著，送表弟最後一程。

家屬們頻頻拭淚，大家到外頭再次誦經後，燒完紙錢後也算禮成。

涂靜媛挺著大肚子走了出來，離預產期還有兩週，她是隨時要生的狀態了，但彭重紹她必須得送，那是為了她而身亡的表弟。

停車場的車子裡走出了熟悉的人影，她遠遠的便頷首，再度悲從中來。

「靜媛姐，請節哀。」阿瑋走上來，雙手合十的看著她。

「沒事，謝謝你們還來送重紹……」涂靜媛說著，看向了阿瑋身後走來的一對璧人。

彭重紹的家人幾乎都認得連薰予與蘇皓靖，他們遠遠的頷首示意。

涂靜媛忍著鼻酸，眼神有著說不出的難受。

「靜媛姐，妳別這樣，情緒波動太大不好。」阿瑋連忙安撫。

「我知道，但是……」涂靜媛痛苦的低下頭，「為什麼沒有一個兩全其美的方法？」

「沒有。」先走來的蘇皓靖答得乾脆，「妳肚子裡的跟趙亞帆，只能活一個。」

涂靜媛緊抿著唇，全身都在顫抖。

不知道是恐懼、生氣，還是忿怒？她當然記得亞帆的語出驚人，是她把親生母親推下海，只因為不讓媽媽生下弟弟，帆帆也想要殺掉她肚子裡的孩子，因為她認為弟弟的出生，會奪去家人對她的愛。

她後來真的是在崩潰中暈過去，等到醒來時已經在醫院裡，卻得到丈夫、重紹與帆帆都死亡的消息。

官方說法，趙逸豐被趙亞帆殺害，而彭重紹為了阻止女孩，所以抱著亞帆跳下懸崖；不過阿瑋對她說了實話，殺死趙逸豐的是她前妻的亡靈，彭重紹也是被她所傷，但臨死前拖了亞帆跳崖，因為女孩到死，都還想殺掉未出世的弟弟。

「為什麼……死去的鬼能殺人？」涂靜媛覺得太不公平了，「逸豐是忽略了她，但是她不能都怪在他身上啊。」

「問得很好，後面有很難解釋的邪惡，我只能說，劉乃瑄從未怪過趙逸豐，她只是想保護她女兒而已。」連薰予感慨的回應，「殺死趙先生是為了讓自己變成厲鬼，目的是要……殺了我們。」

是，最後重紹為了救他們，所以被誤殺了。

涂靜媛其實心裡都明白，可是她內心深處總會隱約的想著某種可能性：如果不找這兩個人來，會不會現在大家都還活著？

撫著肚子，但她也知道，如果真的不認識這兩個人，說不定她已經流產，甚至一屍兩命了。

「我不懂，亞帆明明是那麼乖巧的女孩……她為什麼會那麼偏激？」涂靜媛心痛不已，「既貼心又懂事，她真的沒有被什麼東西附身嗎？」

「很遺憾，不是每個人出生都是一張白紙，也有人是黑紙。」蘇皓靖鄭重其事，「至少亞帆沒有生命的概念，也沒有負罪感，她如果長大了，身邊只會滾滿屍體而已。」

「而且就算她現在不下手，等妳肚子裡的孩子出生了，妳覺得他能活過一歲？」連

薰予問了殘忍的問題

「亞帆……不像那種孩子！」涂靜媛始終難以置信。懂事有禮貌，老師眼裡的好學生乖寶寶，簡直是貼心小棉襖，居然會是這樣殘忍的孩子。

「她很厲害，知道怎麼扮演一個好孩子。」連薰予也不得不承認，「這是她與生俱來的，但是她還是渴求愛，希望大家都愛她、照顧她，因此才不允許兄弟姊妹的存在。」

「我說真的，說不定她的扭曲是後來造成的。之前趙先生不是忙於工作都沒顧家庭？接著劉乃瑄懷孕後心力也都放在腹中胎兒？再加上……」阿瑋說到這裡忍不住深呼吸，「是不是很多人又在那邊重男輕女講什麼傳宗接代的？」

「那……那不算重男輕女，有時只是一種既有觀念的束縛！」涂靜媛難受的蹙眉，「不說我爸媽或是逸豐的爸媽了，連我自己……我自己都覺得有個男的，為逸豐傳承也不錯……」

「所以女生就不能嗎？時代不同了，我希望以後妳不要把這種觀念灌輸給妳肚子裡的孩子。」連薰予聽了實在不太舒服，「我在想，你們是不是也多次在亞帆面前提起過男孩女孩的事情？她不小了，當年都能懂，現在更是……」

涂靜媛閉口不語，但她閃爍的神情已經給了答案，或許她未曾明白講，但親友們或多或少都會提到，甚至是她私下與丈夫的不經意話語，都會讓趙亞帆備感威脅。

對，就是威脅。

「不過，如果趙亞帆只是心理變態而已的話，那、那間廟的事怎麼說？」阿瑋早想過了，「骨灰符不是她引的嗎？」

「對……對對。」涂靜媛趕緊應和，「所以是不是……她不是亞帆，她被劉乃瑄附身了。」

連薰予緩緩的搖了搖頭，「黑暗是跟著人心而生的，我想是有什麼東西，引導了亞帆而已。」

「什麼？」涂靜媛聽不明白。

「世界上很多難以解釋的事情，妳可以想像成惡靈惡鬼什麼的，但是它們是因為亞帆的邪惡，才找上她……是一種合作關係，不是附身。」連薰予肯定的看著涂靜媛，「我們跟亞帆接觸很多次，她身上完全沒有任何邪惡的氣息。」

因為，她本身就是邪惡啊！

「……所以是有東西引導著亞帆？然後她還很高興的合作嗎？」阿瑋突然打了個寒顫，「是不是因為這樣，所以那天她去我家時，我室友才不願意現身？」

哦～連薰予與蘇皓靖同時「哦」了好大聲，恍然大悟啊！

涂靜媛自然困惑，因為她不知道阿瑋的「室友」不是人，是個亡靈。

「她應該是故意通知你上樓的，那些布袋戲偶裡的東西也是她引來的。」蘇皓靖輕笑，「但原本趙家的男孩的確存在，他是上一個弟弟，在那個家跑跳。」

「咦？為……為什麼，之前並沒有這種情況啊！」涂靜媛一聽又瑟瑟顫抖，「我跟那孩子沒有過節，我……」

「放心！」連薰予趕緊握住她的手，「她是跟著劉乃瑄一起來的，孩子跟著媽媽，沒有惡意只是貪玩，但是……現在我姊已經超度他了。」

生母已墜入地獄，失去母親的孩子，便交給祈和宮處理了。

涂靜媛聽著卻有些感傷，那個死去的孩子三年來都沒有超度，還跟著媽媽四處徘徊，「所以，她從頭到尾都沒恨過我嗎？恨我取代……」

「她對妳沒有恨，或許更多的是感謝吧，至少妳對趙亞帆很好。」連薰予忍不住避開了涂靜媛的眼神，「而且媽媽怎麼會不知道自己的女兒？更別說她是被自己女兒推下去的……」

劉乃瑄的出手，只怕是因為要除掉她的關係吧。

「真要說，我覺得你們犯的最大禁忌，或許是沒有對老大做心理建設吧。」蘇皓靖望向遠方，直白的說，「孩子再小也會感受到重心的轉移，新生兒輕易就奪去大人的注意力，不平衡就在這之中發生；越小的孩子越天真，也越不知是非善惡，如果讓他們都討厭怨恨新生兒的話就糟了！有許多小哥哥小姊姊都動手傷害新生兒了，更何況像趙亞帆那樣的人？」

「我沒……」涂靜媛試圖為自己辯解，但是說不出口。

她無法否認，她並沒有好好的跟亞帆溝通過弟弟的事，因為……這腹中的孩子，是她期待已久的第一個孩子啊！她興奮她喜悅，她花時間與心思親手做他的衣服鞋襪帽子，這一切的關愛，都讓亞帆看在眼裡、恨在心底嗎？

阿瑋先走進去看彭重紹，連薰予向她致意後，便拉著蘇皓靖離開，雖然趙亞帆很可怕，但是……趙逸豐與彭重紹的死，都跟她脫不了關係。

劉乃瑄為了要殺害她，所以不惜對趙逸豐下手，彭重紹為了保護他們，最後付出了生命。

她在靈位前不管對彭重紹說了多少句對不起，都無法掩蓋心裡的傷痛，更……無法諒解早知這一切的蘇皓靖。

離開靈骨塔後，阿瑋急著要去工作，再三向涂靜媛致意後便匆匆離去；而上了車的連薰予，悶悶的說要去醫院看陸虹竹，這些天她總是悶悶不樂。

「不必擺臉給我看，妳怎麼能因為一個人的命運怪我？」蘇皓靖失笑出聲。

「因為彭重紹不是別人，是朋友！」

「妳太感情用事了。」蘇皓靖一點都不想辯解，「就算是朋友，也是他的命運。」

「但是我會盡最大的努力，去改變他的命運……不是坐視它發生！」連薰予痛苦的深吸了一口氣，「你當初就知道那天可能發生的危機……在海邊？」

「不知道，我只知道有朝一日有東西攻擊我，而彭重紹會擋在我面前。」蘇皓靖實話實說，「就只有那一兩秒的第六感，地點或事件我渾然不知。」

她相信。連薰予喉頭緊窒，因為她連這件事都沒感應到。

道理她都懂，就是情感上無法接受，朝著窗外看去，她很難面對蘇皓靖。

「妳跟我嘔氣沒用的，我始終如一，變的是妳。」蘇皓靖無奈的嘆口氣，「搞成這樣，害我有個想法不知道該不該講。」

連薰予抿了抿唇，這根本是被人吊胃口，「什麼？」

「我們擁抱牽手接吻都能具有這麼大的力量，那天……我愛撫妳，妳應該很有感覺對吧？」他抽空瞥了她一眼，還揚起一個不懷好意的笑容。

儘管又氣又惱，但連薰予還是滿臉通紅，「蘇皓靖！」

「我意思是，妳有沒有想過，如果我們……」他不遮掩的笑了，「直接合而為一呢？」

天哪！連薰予羞得無地自容，「你知不知道我還在生氣？你現在講這個……啊，我要下車，我自己去醫院看我……」

她嚷嚷著向窗外看去，卻登時一怔，這不是往醫院的路。

他們為什麼在高速公路上？她大感不可思議的轉頭看向蘇皓靖，要一個答案。

「急什麼，帶妳去個神秘的地方。」

「蘇皓靖！我無法感應你，不要鬧！」她伸手輕碰他的手肘，「你如果——」

監獄大門的畫面闖入腦海，她登時縮回手，臉色刷白。

「妳父母的事還沒有答案啊，雖然陸姐回答過了，但我相信妳依然不滿意。」蘇皓靖刻意頓了幾秒，「我就想著，或許我們可以從當時也發生車禍的人下手？」

連薰予緊張的圓睜雙眼，她的想法，逃不過他的眼睛。

「肇事者？」她雙拳下意識握緊。

「是，肇事者還躺在醫院裡，非常偏僻的醫院，雖然已成植物人，但我們還是可以探望一下。」

「你怎麼……找到的。」連薰予相當驚訝，「我不是沒試著找過，肇事者一家都不知道在哪裡。」

蘇皓靖再度露出那玩世不恭的笑容：

「第六感嘍！」

一尾聲一

望著地上被護身符封印的布袋戲偶箱，淚水禁不住就滾出了眼眶。

涂靜媛看著那箱布袋戲偶，她沒有勇氣打開，甚至連整理這個短租處都做不到。原本的家已經安然無事，她是該搬回去了，但現在回去那空蕩蕩的家做什麼？不過徒增感傷；那裡有她幸福快樂的幾年時光，與逸豐、亞帆在一起的日子如此美好，不管亞帆那孩子多殘酷，至少對她而言是真正的快樂。

如今家破人亡，她該怎麼自處？

但是住在這個短租處也不是個辦法，當初逸豐租了三個月，她打算等她坐完月子出來，就搬離那個傷心地，短租處可以繼續暫住；她已經讓媽媽來陪她了，生產後妹妹也會到月子中心陪伴。

再傷心，為了肚子裡的孩子，她都能撐下去。

訊息傳來，媽媽問她想不想吃魚，她正在超市，涂靜媛回傳這兩天不舒服，怕聞到魚腥味會難受，就算了；倒是託媽媽回來時，幫她買個蔥油餅，突然饞了。

扶著腰緩步走往廚房，眼看著就快生了，這兩天孩子在肚子裡動得厲害。

「沒事，媽媽會堅強的。」她撫著肚子輕聲說著。

要不是有這個孩子，她得知家破人亡那時，說不定就撐不過……唔！

「啊——」劇痛從腹部傳來，涂靜媛頓時疼得扶住椅子，「不會吧……好痛——」

她要生了！手機剛放在客廳，她按著肚子想要回到客廳，但痛楚難耐，她直接就跌在地上。

這太痛了！而且她沒有破水啊，她完全可以感受到肚子裡的孩子正在劇烈踢動著，這不是宮縮，是孩子在肚子裡踢！

「啊啊……」她雙手均按在肚皮上，孩子每一腳都像要踢出體外似的，她還可以看到自己的肚皮往上鼓一點、縮進去，過一會又是另外一塊凸起。「怎麼了，不要踢不——呀——呀——」

涂靜媛痛得慘叫，肚子感受到撕裂般的痛，好像有什麼東西在她身體裡裂開了……她整個人痛到拱起背，雙眼發直的瞪著天花板……

「呀——」

剎！一隻血紅的小手，直接穿破了她的肚子。

涂靜媛一口氣上不來，撕心裂肺的痛楚蔓延全身，才剛想要放聲尖叫的下一秒，她親耳聽見自己的肚皮從裡頭被撕開的聲音。

「呀啊——」

剎！子宮、肌肉、皮膚，凸起的孕肚從裡頭被撕扯開一個大口子，鑽出了渾身包裹著黏液又帶著鮮血的嬰兒。

一時間，子宮裡的羊水與血水盡數流出，熱暖暖的流了一地。

爬出來的嬰兒左顧右盼，終於看向了瞠目結舌的涂靜媛。

『真是幸好，差一點點就生不出來了。』

嬰孩咧開了嘴，像動物一樣用四腳爬行，跳離了母體，身上黏著的臍帶拉扯著胎盤，啵的一聲扯離了母體；他快速的跑向落地窗，未到落地窗前，窗戶就自動開了一條縫，嬰孩就這麼跳上陽台，翻身跳了下去。

涂靜媛躺在地上，腹部有個大洞，躺在了自己的血水與羊水裡。

為什麼？

「靜媛啊！」外頭鑰匙聲響起，「我跟妳說，那間蔥油餅人太多了，我……哇啊——哇——」

後記

如果您剛好懷孕，希望沒有給您造成太大的陰影，這只是篇小說，只是故事而已喔！鼻要腦補！

我知道你們等得很辛苦，我瞭我瞭……就剩下一本了，我會努力的讓《禁忌錄》也在二〇二〇年收工，預計八本結束，結果這次寫著寫著，收工在即卻反而跑出一些組織化的東西，所以很克制的不使其擴大。

小薰的背景其實應該很多人猜到，擁有能力的人似乎責任越大，許多電影跟故事都會探討這一點，我也不例外，只是如果可以，我寧願選擇平庸且快樂，我不想擁有強大的力量與沉重的責任，被逼迫著往不得已的道路上走。

之前看過一些轉世系宗教的事，有人都長大了才被找到，才告知他，他是轉世，而且是種職責在身……我都在想，如果是我被找到，我會理他們嗎？

陸姐像是讓孩子自由發展的爸媽，不想給她加諸壓力，但是如果命運使然，好像又進入「早知道就先教你」的矛盾，以免孩子未來之路變得難行……人生真的很難，教育孩子的學問也太大了。

雖說標題是懷孕的禁忌，但我還是要強調這只是故事，我不贊成迂腐的迷信，其實如果說不動剪刀、不釘釘子、不搬運東西，是為了孕婦安全，我完全可以同意，但是完全不動就矯枉過正了啦！那叫女王病了！孕婦自己也是大人，分寸應該自己能明白。

不過這本書的主軸，其實是圍繞在「愛」！哈哈，你們可能會說這愛也太黑暗了吧？但是愛本來就有很多種啊，那些為了愛，當街在路上殺女友幾十刀的，不也是以愛為名？

許多家庭在有新生兒後，上頭的哥哥姊姊絕對會被忽略，多少而已，但這是必然的，畢竟哥哥姊姊年紀都比較大又聽得懂人話，再怎樣也不可能忽略一個只會哇哇哭的小嬰兒啊！

我覺得當爸媽真是艱難的挑戰，在最初階段的心理教育就要教育好，否則一旦引起不平衡，有時甚至會釀成悲劇。

有不少情況都是兄姊會趁機欺負嬰兒床裡的嬰孩洩忿，他們不知道輕重，也不覺得自己有不對，對小孩子來說，他們只會感覺到「大人只愛小 BABY」、「大人只覺得他好可愛」、「大人都不理我了！」

輕微的狀況是會開始模仿嬰兒的行為，這屬正常，他們就是討目光討關愛，但怕的是有許多案例造成的嬰兒重傷，甚至死亡。

在這種情況下，如果再加上重男輕女的觀念，無疑是雪上加霜了。

重點是：孩子的天真，也可以說是人類的天性，讓他們沒有辦法對是非對錯有明確的判斷，他們只是孩子，只想要自己的東西。

本書裡就是稍微放大了這份「天真」，再加上一點獨特的「個性」，於是便成為一篇充滿愛的故事吶！

好，我知道你們期待小薰他們力量發揮到最大的時候，嗯～我再問問編輯尺度可以到哪裡好了（咦？）。

最後，真的真的萬分感謝購買這本書的您們，購書才是對作者最實質且直接的支持，沒有您們的購書，作者便無法繼續書寫下去，謝謝！

笭菁

懷孕

禁忌錄

41

作者　等菁
封面繪圖　Fori
美術設計　三石設計
總編輯　莊宜勳
主編　鍾靈
編輯　黃郁潔

出版者　春天出版國際文化有限公司
地址　台北市忠孝東路四段303號4樓之1
電話　02-7733-4070
傳真　02-7733-4069
E-mail　frank.spring@msa.hinet.net
網址　http://www.bookspring.com.tw
部落格　http://blog.pixnet.net/bookspring
郵政帳號　19705538
戶名　春天出版國際文化有限公司
法律顧問　蕭顯忠律師事務所
出版日期　二〇二〇年八月初版
定價　285元

總經銷　楨德圖書事業有限公司
地址　新北市新店區中興路二段196號8樓
電話　02-8919-3186
傳真　02-8914-5524

國家圖書館出版品預行編目資料

禁忌錄：懷孕 / 等菁作. -- 初版 -- 臺北市：
春天出版國際, 2020.08
面；　公分
ISBN 978-957-741-290-4 (平裝)

863.57　　109010329

ISBN 978-957-741-290-4
Printed in Taiwan